달
로
간
자
전
거

스마트북스

달로 간 자전거

1쇄 발행일 | 2017년 12월 18일

지은이 | 양진채
펴낸이 | 윤영수
펴낸곳 | 문학나무

편집 · 기획실 | 03085 서울 종로구 동숭4나길 28-1 예일하우스 301호
이메일 | mhnmoo@hanmail.net

출판등록 | 제312-2011-000064호 1991. 1. 5.
영업 마케팅 전화 | 02-302-1250, 팩스 | 02-302-1251
ⓒ 양진채, 2017

값 13,000원
잘못된 책은 바꾸어 드립니다
지은이와 협의로 인지는 생략합니다
무단 전재 및 복제를 금합니다
ISBN 979-11-5629-064-3 03810

달
로
간
자
전
거

양진채 스마트소설

문학나무

작가의 말

연희창작촌에서 더운 여름을 보냈다, 고요하게.

가만 생각하니 오롯이 혼자만의 시간을 보내는 게 처음이었다.

장편소설을 쓰려던 마음을 접었다.

산책을 하고, 책을 읽고, 잠을 잤다, 가만가만

나를 들여다보고, 위로했다.

그것만으로 되었다,고 생각했다.

그 삼 개월이 없었다면 아직도 내 상처에서 도망치려고만 할

거였다.

새벽, 고요한 연희, 그립다.

삼산도서관 상주작가로 매일 도서관에서 아홉 시간을 보낸다.

연희에서 글을 안 썼더니 강제로 글을 쓸 수 있는 환경이 만들어졌다. 퇴근할 때쯤이면 뿌듯해서 저절로 신이 났다. 그 시간 덕분에 썼던 글을 정리했고, 책이 나올 수 있었다.

김미애 사진가의 사진을 보는 순간, 내 소설이 입체적으로 완성되었다.

짧은, 아주 짧은 소설들,

이미지로 더 많은 이야기가 나올 수 있음을 보여주고 싶었다.

내가 절반을 썼고, 소설을 읽고 일으키는 파동이 절반을 쓰리라 생각한다.

소설은 상처가 상처에게 건네는 위안이다.

소설 덕분에 일어설 수 있었다.

여기에 실린 소설들은 자전거를 타고 달로 간 그에게로 향한 기도이다.

2017년 12월 삼산도서관에서
양진채

차례

004   **작가의 말**

푸른 바다엔 고래가 산다네

012   구멍

020   파꽃

030   동치미

040   껌

048   변기 위의 사내

060   개의 시간

068   새벽, 편의점

076   카카오톡

에스페로 082

사의 찬미 094

스텝 바이 스텝 104

원추리 114

월남쌈을 드세요 130

푸른 바다엔 고래가 산다네 142

폭설 156

시인이 사는 동네

166   자유공원

174   노 콘no-control

182   밤벌레

186   강릉, 모래커피

194   풀, 풀, 풀

200   달로 간 자전거

206   매미

210   청학동 느티나무

시인이 사는 동네   212

풋   222

월미도 초혼招魂   226

밀   232

연희, 여름   236

연희, 다시   246

연희, 가을   252

푸른 바다엔 고래가 산다네

구멍

　문을 열었을 때 제일 먼저 눈에 들어온 것은 벽에 걸린 후줄근한 점퍼였다. 방안에 물건이라고는 방구석에 놓인 옷가지를 담은 것으로 보이는 검은 천가방이 전부였으니 어쩌면 벽에 걸린 옷에 눈길이 간 것은 당연했다. 큰 주머니가 여러 개 달린 사파리 형태의 점퍼였다. 위로 휘어진 못 때문인지 점퍼는 누군가에게 덜미가 잡힌 추레한 사내 같았다. 연한 살구색 바탕에 붉은 동백꽃이 커다랗게 그려진 벽지가 점퍼를 더 낡아보이게 했다.

　점퍼 덜미를 잡아 겉과 안주머니를 뒤졌다. 지렁이 5000원이라고 쓰인 구겨진 영수증 한 장이 전부였다. 상호명이 '푸른바다낚시'로 되어 있었다. 낚시꾼들이 이 동네로 진입하기 전에 들리는 민박을 겸하고 있는 낚시용품 전문점이었다. 사내가 하릴없이 망둥이 낚시를 다녔다는 슈퍼마켓 여자의 말이 떠올랐다. 망둥이 미끼용으로 산 지렁이인 모양이었다. 나도 한때 가을이면 망둥이 낚시를 꽤 다녔다. 잡을 게 없어서 망둥이를 잡느냐는 꾼들도 많았지만 개의치 않았다. 손맛 좋고, 꽝치는 일 없고, 비용도 저렴하고, 장비나 미끼가 까다롭지 않고, 특별한 기술이 필요한 것도 아니니 망둥이 낚시만큼 만만한 낚시도 없었다. 만조가 될 때까지 30짜리 봉돌을 던져놓으면 시간 죽이기 그만이었다.

점퍼를 걸치고 있던 것은 대못이었다. 요즘도 이런 못을 벽에 박아서 옷을 거나 싶게 10센티는 족히 될 듯한 못이었다. 드릴로 박은 것이 아니라 망치로 박은 못이었다. 새삼스럽게 못을 바라보았다. 못은 중간쯤에서 위로 휘어져 있었다. 박다가 구부러진 것이 아니라 일부러 위로 휜 것 같았다. 담배를 한 대 물었다. 못은 벽지에 그려진 동백꽃을 찌르기라도 하듯

꽃 한 가운데 박혀 있었다. 담배를 지그시 물고 동백과 못을 바라보았다. 담배연기가 동백에 닿았다. 누구의 그림이었더라. 여자의 거대한 성기를 향해 다이빙하듯 떨어지는 사내를 그려놓은 그림이. 털이 수북한 여성의 성기를 향해 거꾸로 뛰어 내리는 아주 작고 비쩍 마른 사내는 그대로 떨어진다면 성기 안으로 흔적도 없이 파묻힐 거였다. 화가는 회귀, 존재의 근원 같은 것을 묻고 있었는지 모르지만 퍽이나 외설스럽게 느껴지는 그림이었다. 아무도 없는 주위를 괜히 둘러보았다. 벽에 박힌 못을 보고 그런 외설적인 그림이나 떠올리다니 아직 술이 들깬 모양이었다.

나는 또 괜스레 못 머리를 만져보았다. 문득 망치가 닿는 부분이 못 머리라면 벽에 박힌 부분은 무엇이라고 불러야 하나 궁금했다. 몸통인가, 꼬리인가. 못 몸통, 못 꼬리. 어느 말도 입에 붙지 않았다. 못 몸통, 못 꼬리. 그러고 보니 못이 박힌 모양이 미늘에 아가미가 꿰어 낚싯줄에 걸려나오는 망둥이처럼 보이기도 했다.

다이빙하는 남자니, 망둥이니 다 쓸데없는 공상이었다.

물론 쓸데없는 공상이 오히려 도움이 된 적도 적지 않았다. 어쩌면 직장에서 아직까지 잘리지 않은 것도 다 이 쓰잘 데 없는 공상 덕분인지도 몰랐다. 물론 공상이 과학하고 맞아떨어질 때 얘기였다. 사실 뭔가 있을 거라는 기대를 하고 방에 들어온 것은 아니었다. 뜨내기들이 이 마을에 들어왔다가 사라지는 일은 종종 있었다.

이 방도 처음은 아니었다. 생각해보니 그때도 벽에 못이 박혀 있었고, 점퍼가 걸려 있었다. 문을 열자마자 벽에 눈길이 갔던 것도 어떤 기시감 때문이었는지도 모르겠다. 백중사리에 사라진 사내는 실종 삼 일만에 촛대바위 근처에서 발견되었다. 파도에 휩쓸린 사내는 희멀건 알몸으로 바위틈에 처박혀 있었고, 갯것들이 구멍이란 구멍은 다 파고들어서 시신은 형편없이 망가져 있었다.

동백에 박힌 못을 바라보다가 못 머리를 잡고 흔들어 보았다. 꼭 뽑을 생각이 있었던 것은 아니었다. 대못이니 쉽사리 뽑힐 리 없다고 생각했다. 예상과 달리 몇 번 흔들자 스스스 벽돌가루가 떨어지며 못 몸통인지 꼬리인지가 빠졌다. 단단한 벽에 박혀 웬만한 흔들림에는 꿈쩍도 하지 않을 줄 알았던 못이 쉽사리 빠지자, 미늘에 아가미가 꿰어 꼼짝 못 하고 끌려나오는 망둥이 심정이라도 된 기분이었다. 못을 들고 구멍을 들여다보았다. 어떤 기시감이 나를 사로잡았다. 빼낸 못을 들고 벽 여기저기를 찔러보았다. 어느 순간 못이 벽을 뚫고 들어갔다. 지금 나 있는 못 자국보다 더 아래에 난 구멍이었다. 백중사리에 실종된 사내가 옷을 걸던 못이 박혀 있던 곳이었다. 그 사내는 키가 작았다. 슈퍼마켓 여자 말로는 중학생 여자아이 키만 했다고 했다. 사내의 마지막이 떠올라 고개를 흔들었다.

내 기억이 맞는다면 이 벽에는 몇 개의 구멍이 더 있을 거였다. 이 방에서 살다간 이들의 흔적이었다. 벽지를 뜯어내보면 그 구멍들이 보일 거였다. 그렇다고 벽지를 뜯을 생각은 없었다. 나는 창틀에 담배를 비벼 끄고 다시 담배에 불을 붙였다. 두 개의 구멍을 살펴보았다. 못이 뚫고 들어간 자리이니 그 구멍이 그 구멍일 거였다. 그래도 나는 그 구멍이 뭔가 다르지 않을까 싶어서 유심히 들여다보았다. 그렇게 들여다보고 있자니 깊지 않은 구멍이 블랙홀처럼 깊다는 생각이 들었다.

방안을 둘러보았다. 망치 같은 것이 있을 리 없었다. 사내 가방을 뒤져보았다. 속옷, 양말, 셔츠와 바지 한 장이 전부였다. 왜 벽에다 못을 박고 싶은 생각이 들었는지 알 수 없었다. 그 생각이 들자 갑자기 절박한 심정이 되면서 꼭 이 벽에 못을 박고 싶어졌다. 실종 신고를 받고 조사 나와서 이제 무슨 짓인가 싶었다.

이리저리 둘러보던 나는 결국 구두 한 짝을 벗어들었다. 못 자국이 있던 자리에서 한 뼘 정도 오른쪽으로 옮겨 벽에 못을 댔다. 구두 뒷굽으로 못 머리를 힘껏 내리쳤다. 텅. 다시 한 번 내리쳤다. 텅. 방안을 울리는 소리만 요란할 뿐 못이 벽을 뚫고 들어갈 기세는 보이지 않았다. 사실 망치가 있다 해도 이 구부러진 못으로는 아무것도 뚫고 들어가지 못할 거였다. 그것을 모르지 않았다. 다시 몇 번을 더 내리쳤다. 겨우 벽지를 뚫은 못은 벽에 생채기를 남기는 것으로 그만이었다. 타들어가던 담뱃재가 바닥에 떨어졌다. 필터 가까이 타들어간 담배의 마지막 한 모금을 깊게 빨아들인 후 내뱉었다. 동백도 구멍도 연기에 가려 흐려졌다.

파꽃

그는 조금 전 파밭 고랑에서 눈을 떴다. 파밭! 육안으로 보이는 전부가 파였다. 족히 수천 평은 될 듯했다. 대파였다. 아침 햇빛을 받은 대파가 초원처럼 푸르게 펼쳐져 있었다. 굵고 튼실한, 흠결도 없이 뻗은 대파 끝에는 둥근 파꽃이 매달려 있었고 파꽃 주위에는 벌들이 날아다니고 있었다. 머리가 빙빙 돈다고 생각했던 것은 저 벌의 날갯짓 때문이었다. 벌이 한두 마리가 아니었다. 수십 마리는 될 듯한 벌들이 붕붕거리고 있었다.

흙을 털다가 왠지 어젯밤 잠자리가 따뜻했다는 기억이 떠올랐다. 술김이었지만 흙에서 올라오는 기운이 제법 따뜻했다. 그건 온돌이나 사우나실과는 조금 달랐다. 어떤 이의 푸근한 품이나 호흡 같은 느낌에 가까웠다. 그는 흙의 숨소리라도 들은 기분이었다.

벌들이 점점 더 불어났다. 파꽃에 웬 벌들이 이렇게 많은 것인지, 드넓은 파밭만큼이나 많은 벌들이 바쁘게 돌아다녔다. 문득 파꽃도 꽃이고 벌이 이렇게 많은 걸 보니, 인간이 모르는 새로운 영역의 향수가 있는 건 아닌가 하는 생각마저 들었다. 파꽃을 증류하거나 짜내거나 성분을 분리해서 이 세상에 없던 새로운 향수를 만들 수는 없을까 하는 엉뚱한 상상까지 했다.

엉뚱한 공상에 빠진 뇌를 깨우듯 파꽃 향 사이로 담배 연기 냄새가 코끝을 간질였다. 그는 주위를 둘러보다 깜짝 놀라 뒤로 자빠질 뻔했다. 겨우 한 걸음도 채 떨어지지 않은 곳에 노파가 앉아 담배를 피우고 있었다. 노파 뒤로는 드문드문 잡초가 뽑혀 있었다. 노파는 이쪽은 아랑곳하지도 않고 파밭을 보며 담배를 피우고 있었다. 굳은살과 주름이 깊게 박힌, 손톱

밑에 새까맣게 흙때가 낀 손에는 아마도 직접 만들었을 것 같은 입담배가 들려 있었다. 유령처럼 소리 없이 나타나 자신을 유령 취급하는 노인에게 아는 체를 해야 하나 말아야 하나 망설여졌다.

"뭐시여."

슬쩍 일어나려는데 노파가 난데없이 말했다.

"네?"

주위엔 아무도 없으니 노파가 자신에게 뭐라 한 것 같았는데 그는 무슨 말인지 알아들을 수가 없었다. 노파가 그를 빤히 바라보더니 붉은 꽃무늬 몸뻬바지 허리춤 안으로 손을 쑥 넣어 무언가를 꺼냈다. 담배였다.

"피라."

"네?"

백태라도 낀 듯한 눈빛이 그를 향하고 있었다. 살집 없는 얼굴에는 굵은 주름이 잔뜩 잡혀 있고, 반백의 머리는 노파가 뽑아놓은 잡초보다 더 푸석거렸다. 그가 주춤거리며 담배를 받아들자 또 바지춤에 손을 집어넣어 라이터를 꺼냈다.

어서 담배를 물라는 손짓을 했다. 얼떨결에 담배를 입에 물었다. 노파가 몇 번 헛손질 끝에 라이터 불을 켜 담배에 갖다 댔다. 그는 별 생각 없이 한 모금 빨아들이다가 고꾸라질 뻔했다. 담배연기가 폐부를 찔렀고, 기침이 장기를 끊어낼 듯 솟구쳤다. 눈물이 쏙 빠졌다.

클클클.

노파가 담배연기를 날리며 웃었다.

사실 그는 담배를 피운 적이 거의 없었다. 술김에 뻐끔 담배를 피운 정도가 전부였다. 폐가 싸하게 쓰렸다. 담배가 이렇게 독할 줄 몰랐다. 목이 더 타는 듯했다.

"저, 할머니, 혹시 물 좀 없습니까?"

노파는 그를 빤히 쳐다보더니 주섬주섬 옆에 차고 있던 검은 비닐봉지를 뒤졌다. 노파가 내민 것은 물이 아니라 둥글납작한 떡이었다. 떡도 집에서 만들었는지 울퉁불퉁하고 푸르딩딩했다. 쑥을 넣고 만든 떡 같았는데 도무지 입에 들어갈 것 같지 않았다. 노파는 또 어서 먹으라는 듯 손을 들어올렸다. 그는 이번에도 아무 말 못하고 떡을 입에 가져가 한 입 베어 물었다. 떡이 달지도 않고 밋밋했다. 쑥 냄새만 났다. 조금씩 베어서 꼭꼭 씹어 먹었다. 노파도 옆에서 떡을 오물거렸다. 맛도 없는 떡이었는데 그래도 꼭꼭 씹어 먹으니 침이 고였다. 의외로 담백한 맛이 있었다.

그녀는 군대에서 첫 휴가를 나와 그녀의 고향집까지 찾아온 그를 버려두고 가버렸다. 짐작은 했지만 실연을 감당할 재간이 없었다. 슈퍼에서 소주를 몇 병 사들고 나와 마신 것까지는 기억나는데 깨어보니 파밭이었다. 파밭. 문득 파미르 고원이 떠올랐다.

둔황을 보기 위해 서안에서 출발해 천산산맥을 지나 우루무치를 거쳐 타클라마칸 사막을 지나 만난 파미르 고원이었다. 파미르를 가리키는 한자는 총령蔥嶺이었다. 파 총, 고개 령. 그러니까 파미르의 '파'는 우리가 말하는 파와 똑같은 한국말이었다. 그때 그녀는 미르는 아마도 고갯마루 할 때 '마루'가 변형된 건 아닐까 하고 추측했다.

초원에서 자라는 파가 신기했다. 꽃까지 피어 있었다. 그는 그녀가 보기 전에 얼른 야생 파 몇 대궁을 꺾었다. 그렇게 뭉쳐 주머니에 있던 손수건으로 파를 감쌌다. 그럴듯한 부케 모양을 한 파꽃다발이 되었다. 파 냄새가 좀 나기는 했지만 그녀가 버스에 올라타길 기다렸다가 파꽃다발을 내밀었다. 그는 아까 그녀가 파미르니 총령이니 했던 말을 놓치지 않고 있었다.

일부러 사람들 앞에서 파꽃다발을 주었다. 그로서는 공개적으로 그녀에게 사랑을 고백한 것이었다. 파꽃다발을 받은 사람은 세상에 나밖에 없을 걸. 그 뒤로 그녀와 가까워졌으니 파꽃다발이 한 몫을 한 것만은 분명했다. 어쩌면 어제 저녁 술에 취해서 파밭에서 잠들어버린 데는 그때의 그 기억이 희미한 냄새로 다가왔기 때문인지도 몰랐다. 이제 그녀는 없었다.

노파는 떡을 먹다말고 그를 쳐다보더니 또 주섬주섬 검은 봉지를 뒤졌다. 그는 정신을 차려 일어서려 했지만 발길이 떨어지지 않았다. 이렇게 가고 나면 다시는 그녀를 볼 수 없을 것 같았다. 노파가 봉지 안에서 꺼낸 것은 막걸리 병이었다. 노파는 막걸리를 잘 흔들어 역시나 검은 봉지 안에 있던 노란 양은그릇을 꺼내 한 잔을 따라 마시고는 파밭을 향해 꺼억 소리가 나도록 트림을 뱉었다. 그리고는 막걸리를 한 잔 따라 그에게도 건넸다. 그는 어쩐 일인지 이번에도 사양하지 못하고 받아 단숨에 마셨다. 목이 말랐던 터라 가슴까지 짜르르했다. 노인은 여린 파꽃을 분질러 입속에 넣고 씹었다. 그에게도 파꽃몽오리를 내밀었다. 그는 그녀에게 주었던 파꽃다발을 떠올렸다. 피지도 못한 파꽃이 입안에서 뭉개지고 있었다. 노파는 그렇게 막걸리를 몇 잔 더 마셨다. 그에게도 몇 잔 더 따라주었다.

그는 막걸리를 마시다 말고 헛웃음이 나왔다. 첫 휴가를 이렇게 보내게 되다니. 자신이 지금 어디에 와 있는지, 무슨 마음인지 가늠되지 않았다. 실연을 당하고 파밭에서 입담배와 막걸리와 파꽃을 먹으며 쓰린 속을 후벼 파게 되리라고는 상상도 못했다. 빈 막걸리 병을 비닐봉지에 집어넣은 노파가 입맛을 다시더니 다시 파 사이에서 잡초를 뽑았다. 잡초가 보이지도 않는데 노파는 잘도 찾아 뽑았다.

클클클.

노파가 밭고랑 사이에 앉아 혼자 웃더니 그를 보고 말했다.

"뭐시여?"

"네?"

무엇을 묻는 말인지 몰랐다. 그러나 그는 그 순간 어쩐 일인지 애써 눌러두었던, 어젯밤 술에 취해 그녀에게 묻고 싶었던 말을 떠올렸다. 무엇이냐고. 내게 향한 네 마음이 무엇이었냐고. 벌들이 드넓은 파밭을 붕붕대며 날아다니며 그렇지 않아도 어지러운 속을 휘저었다. 온통 파꽃 천지였다.

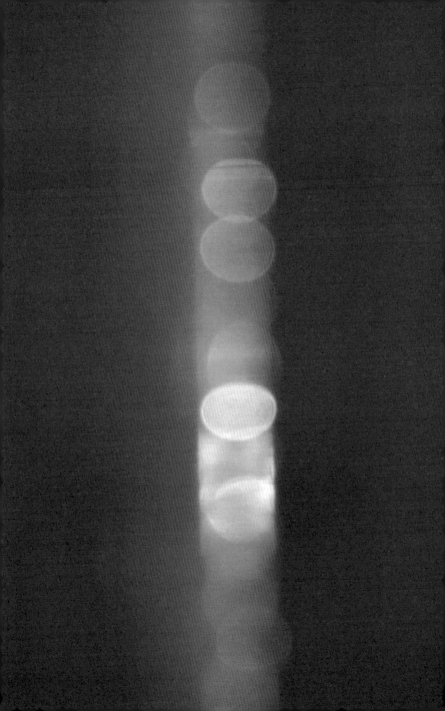

동치미

　여자는 김치냉장고 통에서 마지막 남은 동치미 무를 꺼내 썰었다. 겨울 동안 여자는 동치미를 먹으며 버텨냈다. 버텨냈다는 말은 과장도 엄살도 아니었다. 동치미가 아니었다면 여자는 지금도 새벽에 거실로 나와 아주 어두운 것도 그렇다고 밝아진 것도 아닌, 어둠 속처럼 현실도 아닌 꿈도 아닌, 애매한 경계에서 시린 발로 서성거리고 있을 거였다.

　여자는 지극히 평범한 삶에 만족했다. 만족했다기보다 특별히 불만이 없었다는 게 맞을 것이다. 여자는 마흔이 되도록 험한 일을 당하지 않았고, 크게 다치지도 않았다. 경제적으로 큰 돈을 쥐어본 적은 없지만 그렇다고 빚을 지고 사는 것도 아니었다. 여자의 무던한 성격처럼 삶도 그렇게 무던하게 흘러갈 줄 알았다. 그러니 암 진단을 받은 그가 한 달 만에 죽어버린 일을 믿을 수가 없었다. 그 한 달 동안 여자는 거의 잠을 잘 수가 없었다. 암 말기라는데 얼마 전까지만 해도 별 다른 증상이 없었다는 게 믿을 수 없었다. 그는 빠르게 죽음 쪽으로 갔지만 붙잡을 수 없었다. 꿈이라고 생각했고, 자고 일어나면 원래대로 돌아와 있을 줄 알았다. 마지막 순간까지 여자는 그의 손가락을 붙들었다. 떨어지면 안 되는 거였다.

겨울이 시작되었을 때, 여자는 그와 가까운 바닷가 횟집에 갔다. 바닷바람이 불어오는 창가에 앉아 회를 주문했다. 아직 초겨울이어서 그렇게 춥지 않았는데 방바닥이 따뜻했다. 손이 차지 않았지만 허벅지 밑으로 넣어 방바닥에 댔다. 둘이 앉기에는 큰 상에 밑반찬이 나오기 시작했다. 가짓수만도 스무 개쯤 되는 반찬들이었다. 그가 문득 여자에게 오른손 엄지와 검지 끝을 맞대고 둥글게 원을 만들며 따라 해보라고 했다. 여자가 오른 손으로 그를 따라 하자 그는 여자의 왼손에 소위 스끼다시로 나온 반찬 중 삶은 메추리알을 올려놓았다. 그리고 오른손 엄지와 검지에 힘을 바짝 주라고 했다. 그리고는 여자의 엄지와 검지를 벌려보려고 했다. 벌려지지 않았다. 다시 왼손에 해삼 접시를 올려놓고 같은 방법으로 엄지와 검지를 벌려보았다. 어찌된 일인지 여자는 손가락에 똑같이 힘을 주고 있었는데 어이없게 맞닿은 엄지와 검지가 벌어졌다. 그는 이것을 오링테스트라고 했다.

그는 식탁에 있는 멍게, 청어구이, 해초무침, 콘치즈, 부침, 붉은 새우, 삶은 소라, 가리비, 홍합 국물, 연두부까지 차례로 여자의 왼손에 올려놓았고 오른손 오링을 하고 있는 손가락을 벌려보았다. 어느 음식에는 손가락이 스르르 벌어지고, 어느 것에는 꿈쩍도 하지 않았다. 음식을 나르던 종업원이 지나가며 웃었다. 마지막에는 소주, 락교까지 테스트 했다. 오른손의 엄지와 검지가 꿈쩍하지 않을 때 왼손에 들려진 음식이 몸에 잘 맞는 좋은 음식이라고 했다.

여자와 그는 그렇게 음식 테스트를 해보다가 나중에는 장난기가 발동해 식탁, 식탁의 비닐, 수저, 방석 같은 것도 해보았다. 그러다가 여자는 그의 손을 왼손으로 잡고 아까부터 흘낏 보고 있던 주인에게 오른손의 오링을 떼어보라고 했다. 주인은 기다렸다는 듯이 와서 여자의 엄지와 검지를 벌리려 했다. 벌어지지 않았다. 주인이 손에 힘을 주지 않는 것 같았지만 그렇지 않다고 했다. 주인은 알 수 없다는 듯이 뒷머리를 긁더니, 두 분 오래오래 행복하십시오, 했다. 혹시나 엄지와 검지가 쉽게 벌어질까봐 걱정했는데 다행이었다. 그때도 여자는 생각했다. 이전에 그래왔듯이 이후로도 별 다르지 않은 삶이 펼쳐질 거라고. 모험도 활동적인 것도 싫어하는 여자는 매일 같은 삶에 감사했다. 여자는 잠들지 못하는 밤에 그날 왼손에 놓인 그의 손과 꿈쩍하지 않던 오른 손의 오링이 가끔 떠올렸다.

여자는 음식을 넘길 수가 없었다. 무언가를 먹었다가도 토하는 일을 반복했다. 화장실 변기를 붙들고 앉을 때마다, 푸르고 고요하던 새벽의 병원 복도가 떠올랐다. 먹지도, 잠을 제대로 자지 못하자 살이 급격하게 빠졌고, 몽롱해졌다. 그와 관련된 물건들이 집안 곳곳에 있었고, 그것들을 볼 때마다 무릎이 꺾였다.

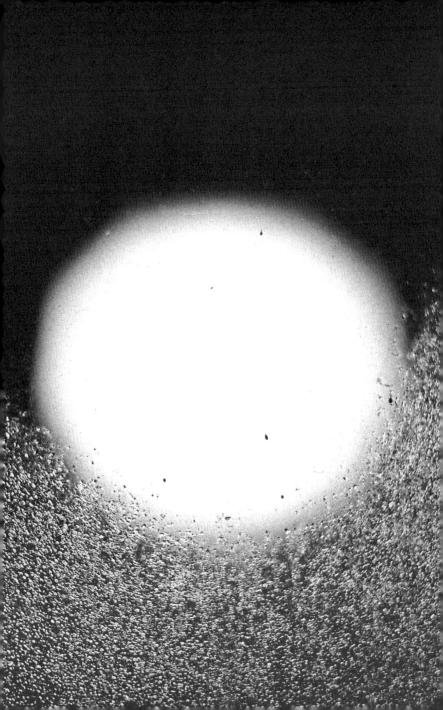

선잠에서 깨었을 때, 여자는 새벽인 줄 알았다. 방문을 열고 거실로 나가자 엄마가 불도 켜지 않은 채 텔레비전을 보고 있었다. 주방 쪽에서 고소하면서도 단내가 났다. 냄비 안에 조금 전 끓인 듯한 흰 쌀죽이 있었다. 여자는 엄마 옆에 가서 앉았다. 이 새벽에 무슨 죽을. 여자는 엄마를 바라보았다. 엄마는 여자가 곁에 와 앉는 것도 모르고 무표정하게 텔레비전만 보고 있었다.

텔레비전에서는 아이와 어른이 절벽과도 같은 곳에 좁게 난 길을 따라 걸어가고 있었다. 길도 산도 온통 흰 눈에 덮여 있었다. 그들은 걷고 또 걸었다. 영하 25도에 이르는 날씨인데 길에서 잠을 잤고, 얼지 않은 물을 건너야 할 때에는 바지를 벗은 어른이 팬티만 입은 채, 아이와 짐을 지고 얼음이 떠다니는 차가운 물을 건넜다. 허벅지까지 새빨갛게 변해 있었다. 그렇게 며칠을 걸었고 이웃마을에 다다랐다. 그제야 여자는 내레이션을 통해 그들이 학교에 가는 길임을 알았다. 학교까지 가는데 10일이 걸렸다. 추위와 배고픔으로 목숨까지 내놓아야 하는 길이었다. 애야, 학교를 가야 한다는구나. 공부를 해야 한다고, 배워야 한다고 목숨을 내놓고 길을 간다는구나. 여자의 엄마가 혼잣말처럼 중얼거렸다.

여자는 그렇게 가는 길을 '차다'라고 부른다는 것을 알았다. 여자가 온통 눈으로 뒤덮인 히말라야 풍경에서 눈을 돌렸을 때, 거실 창밖에서도 눈이 내리고 있었다. 이젠 여자에게 눈이 온다고, 꽃이 피었다고 문자를 해 줄 그가 없었다. 차다, 여자는 속으로 중얼거렸다.

여자의 엄마가 주방으로 가서 가스레인지 불을 켜고 냄비 안의 죽을 저었다. 새벽인 줄 알았는데 날은 밝아지지 않고 더 어두워졌다. 유리창 밖에서는 여전히 눈이 내리고 있었고, 그 눈을 바라보는 여자의 모습이 겹쳐보였다.

여자의 엄마가 여자를 끌어다 의자에 앉히고, 죽을 대접에 담고, 냉장고에서 무언가를 꺼내 식탁에 놓았다. 동치미였다. 아무것도 가미되지 않은 죽은 먹을 수 있을 것 같았는데 정작 숟가락이 간 것은 동치미 국물이었다. 살얼음이 뜬 동치미 국물을 한 숟가락 넘기자 가슴이 찌르르 하며 열렸다. 동치미 국물에서는 파와 마늘과 청갓과 생강과 삭힌 고추가 무와 물

속에서 어울려 익으면서 나는 옅은 아릿한, 쌉쓰르 하면서 시원한 맛이 났다. 재료들이 소금물 속에서 무와 함께 익으면서 그 어떤 요리로도 흉내 낼 수 없는 맛을 내고 있었다. 그를 잃고도 동치미 국물 맛을 느낄 수 있다는 게 용납할 수 없었지만 동치미 국물은 넘길 수 있을 것 같았다. 피클처럼 시거나 달지 않고, 짠지처럼 짜지 않으면서, 동치미 국물은 여자의 위 속으로 스며들었다. 여자는 그렇게 국물을 떠 마시고 무를 씹기 시작했다. 아삭한 식감이 고스란히 느껴졌다. 여름 무에서는 느낄 수 없는 단단한 무 맛이었다. 동치미에 들어가는 재료가 겨울이 제철인 재료였고, 무 역시 김장철일 때 가장 달고 단단했다. 그리고 낮은 온도가 필요했다. 그래서 동冬치미였다. 겨울이 아니면 제대로 맛 볼 수 없는 김치, 동치미였다. 여름에 내놓는 동치미는 제대로 맛을 낼 수가 없었고, 무도 물러진 경우가 많았다. 오직 겨울이어야만 했다. 영하의 눈길을 걸어가던 사람들이 떠올랐다. 끝나지 않을 것 같은 길이었고, 온통 눈 밖에 보이지 않는 길이었다. 기어이 그 길을 갔다.

여자는 동치미를 한 그릇 깨끗이 비우고 나자 숨을 쉴 수 있을 것 같았다. 눈이 떠지는 것 같았다. 여기가 어딘지 분명하게 보이는 것 같았다. 여자는 어렸을 때 연탄가스를 마신 적이 있었다. 엄마 역시 연탄가스를 마셨지만 여자를 질질 끌고 방문을 열고, 마루를 지나 눈 쌓인 마당까지 기어가 얼음덩이가 동동 뜬 동치미 국물을 떠다가 입에 넣어줬고, 여자는 숨을 쉴 수 있었다. 그러니까, 여자는 잊고 있었지만 동치미는 두 번이나 여자의 목숨을 구해준 셈이었다.

아직도 오른손 엄지와 검지를 둥글게 붙여 그와의 오링테스트를 해보고 싶었지만 이제는 왼손에 올려놓을 그의 손이 없었다. 어쩌면 그때 식당 주인은 혹시라도 여자의 손가락이 쉽게 벌어질까봐 힘을 주는 척만 하면서 벌려 보려고 했는지 모른다는 생각이 뒤늦게 들었다. 여자가 동치미를 한 그릇 다 비우고 나서 창밖을 보았을 때, 밖은 완전히 깜깜해졌고, 내리는 눈도 제대로 보이지 않았다. 그제야 시계를 보았고, 새벽에 아니라 밤이 깊어가고 있다는 것을 알았다. 한 그릇의 동치미를 다 비우고 일어서려고 의자를 빼는데 갑자기 *끄윽*, 하고 트림이 나왔다. 여자의 엄마 얼굴이 일순 환해졌다.

껌

　베트남 다낭 여행 이틀 째였다. 현지식으로 점심을 먹고 버스에 올라타자 누군가 껌을 나눠주었다. 노란 쥬시후레쉬 껌이었다. 요즘은 사탕처럼 생긴 껌도 있고, 뜯기 좋게 만든 작은 껌들도 많이 나와 있었다. 은박지에 싸인 이런 껌은 오랜만이었다. 고수냄새가 남은 입안에 껌을 밀어 넣었다. 가이드가 인원을 파악하더니 마이크를 잡았다.

　"베트남 말 몇 가지 가르쳐 드린 거 기억하시죠? 하나 더 가르쳐 드릴게요. 베트남 말로 밥을 뭐라고 하는지 아는 분?"

　가이드의 말이 이어지고 있었지만 나는 노란 쥬시후레쉬라고 쓰인 껌종이를 만지작거리고 있었다. JUICY&FRESH 영문 표기법대로 읽는다면 '주시앤프래시'가 맞겠지만 처음 나올 때 상표 이름을 그대로 쓰고 있었다. 창밖으로 드넓고 한가로운 해변이 펼쳐지고 있었다. 껌을 씹자 입안에 단맛이 고였다. 이 맛이었지. 오래된 맛의 기억을 떠올리는 것처럼 불쑥 단물 사이로 선생의 모습이 파고든 건 어쩔 수 없었다.

그때 선생은 나를 보자마자 불쑥 손을 내밀었다.

"끔 줘."

무슨 말이지 알아듣기도 전에 손이 턱 밑까지 다가왔다.

"끔, 끔 달라고."

달라는 끔이 껌이란 걸 알아챈 건, 선생이 주섬주섬 주머니 에서 껌종이를 꺼내 보여준 다음이었다. 선생이 난데없이 껌 을 달라고 손을 턱밑까지 치켜 올리는 바람에 당황한 나는 없 는 줄 뻔히 알면서도 가방을 뒤지는 척했다. 선생이 어쩌다 이 지경이 된 것인지 착잡했다.

"껌 찾으시죠? 저렇게 보는 사람마다 껌을 달라고 하세요."

가정부가 음료를 들고 들어오면서 속삭이더니 내 주머니에 슬쩍 껌을 한 통 넣어주었다. 그때까지 선생은 손을 내리지 않은 채 오로지 내 얼굴만 쳐다보고 있었다. 허리가 굽어 치켜든 손이 부들부들 떨렸다.

"아, 여, 여기 있네요."

나는 주머니를 뒤지는 척하다가 가정부가 준 노란 색 쥬시후레쉬 껌을 꺼내 선생의 손에 올려놓았다. 선생은 그제야 흡족한 듯 손을 내리더니 껌을 뜯으려 했다. 하지만 선생의 무딘 손은 껌 한 통을 벗길 수 있는 띠를 찾지 못해 끙끙대고 있었다.

"선생님, 제가 뜯어……."

말이 끝나기도 전에 선생은 무슨 보물이라도 빼앗길까봐 황급히 감추듯 내게서 휙, 등을 돌렸다.

"절대 안 주실 거예요. 그냥 두시면 어떻게든 뜯어서 드실 테니 걱정 마시고 앉으셔서 음료나 드셔요."

"아, 네에."

여전히 껌을 뜯으려고 기신거리는 선생을 앞에 두고 어찌할 바를 몰라 소파 끝에 겨우 걸쳐 앉았다.

오렌지주스가 든 투명한 컵에 찬 물방울이 위태롭게 매달렸다가 바닥으로 미끄러졌다. 갈증이 나 서둘러 음료를 마셨다. 선생은 정년퇴임하고 몇 년 지난 뒤 제자들과 모인 자리에서 알츠하이머에 걸렸음을 털어놓아 우리를 놀라게 했다. 지나가는 말처럼 꺼냈지만 말끝이 흔들렸다. 태연하게 말하는 뒤에 감춰진, 선생이 겪어야 할, 이전 삶과는 전혀 다른 앞으로의 생에 대한 무게에 짓눌린 두려움이 읽혀, 차마 선생께 섣부른 한 마디도 꺼낼 수 없었다. 선생은 그 뒤로 어느 자리에도 나타나지 않았다. 한때 빛나던 석학으로 존경받던 그는 그 누구에게도 추한 모습을 보이고 싶어 하지 않았다. 제자들은 선생의 몸이 더 안 좋아지기 전에 선생의 업적과 연구 자료를 모아 책으로 내자는 의견을 모았다. 오늘 찾아온 이유도 그 허락을 받기 위해서였다.

선생은 어떻게 뜯었는지 비틀린 노란 껌종이 틈에서 껌을 꺼내 오물오물 씹었다. 두 개를 연달아 입에 넣고 오물거리면서 선생의 굳었던 얼굴도 서서히 펴지기 시작했다. 선생의 모습에서는 그 옛날 빛나던 눈빛은 사라진지 오래였다. 몇 년

사이에 어떻게 저렇게 변할 수 있을까 싶어 나도 모르게 흘러

나오는 탄식을 막아야 했다.

"맛있으세요?"

감히 선생에게 아이 어르듯 하는 가정부의 말투가 거슬렸

다. 그러나 선생은 천진하게 고개를 끄덕였다. 있을 수 없는

일이었다.

"다른 껌은 안 드시고 오로지 이 쥬시후레쉬 껌만 드셔서

몇 박스 사다놨지 뭐예요. 예전에도 입맛 까다로워 집에서는

꼭 매끼 밥과 반찬을 새로 해다 바쳤는데, 치매에 걸리시고

나서는 밥투정은 안 하는데 이 껌투정을 하네요."

선생은 내가 있는지조차 의식하지 않고 껌 씹기에만 열중이

었다. 이해할 수 없을 정도로 껌을 꼭꼭 씹었다. 누가 보면 껌

의 점성이라도 연구하는 줄 알 것 같았다. 입을 벌리지는 않

았지만 턱 근육이 모조리 움직이고 있었다.

"왜 껌을……."

"낸들 알 턱이 있나요. 어느 날 병원에 다녀오시더니 사모

님께 껌을 사다달라고 하더라고요. 그 뒤로는 저렇게 껌을 하

루 종일 씹다시피 하네요. 사모님 말로는 껌을 씹으면 뇌를 활발하게 움직여 치매예방에 좋다고 하긴 하던데, 이미 걸린 치매가 좋아질 리 있나요. 더 나빠지지 않으면 다행이죠. 아이구, 이 입이 주책이지. 곧 사모님이 오실 테니 조금만 앉아 계세요."

선생은 내 앞에 앉아 아주 열심히 껌을 씹고 계셨다. 턱을 벌렸다 오므리고, 이를 움직이고 껌을 다지고, 다시 턱을 벌렸다 오므리고 이를 움직여 껌을 씹는 행위가, 그게 뭐 대단한 일이라고, 이제는 이 행위밖에 의지로 할 수 있는 게 남아 있지 않은 것처럼 숭고하게까지 여겨져 서둘러 선생 댁을 나와야 했다. 그날은 억병으로 취할 수밖에 없었다.

가이드가 베트남 역사 얘기 한 토막을 끝내고 나더니 물었다.

"조금 전에 가르쳐 드린 베트남 말 기억하시죠? 밥이 베트남 말로 뭐라고요?"

"껌이요."

차 안에 있던 사람들이 한 목소리로 대답했다. 퍼뜩 상념에서 깨어났다. 밥을 껌이라고 부른다고? 나는 껌인지, 밥인지, 쥬시후레쉬인지 주시앤프래시인지 모를 물컹한 것이 내는 단맛을 음미할 새도 없이 허둥대고 있었다.

변기 위의 사내

옆집 여자가 현관문을 두드린 시간은 밤 두 시경이었다. 추운지 팔짱을 끼고 발을 동동 구르고 있었다. 문을 열어야하나 망설여졌다. 새벽 두 시였다.

옆집 사람들이 이사 온 지 오 일이 되었다. 어쩌다보니 옆집 사내와 저녁마다 술을 먹었다. 같은 아파트에 산다는 이유만으로 같이 술을 먹는 유일한 사람이었다. 이사하는 날 우연히 복도에서 마주친 사내는 저녁 시간에 다시 한 번 복도에서 마주치자 막무가내로 소매를 잡아끌었다. 이웃인데 인사는 하고 지내야 하지 않겠냐는 것이다. 큰 가구들이 제 자리에 찾아들긴 했지만 아직 짐 정리조차 되지 않은 집으로 선뜻 들어가긴 좀 그랬다. 사내는 개의치 않았다.

"아, 집도 버리고 온 사람입니다. 저는 더 이상 무서울 게 없는 사람이라구요."

사내가 술에 취해 내뱉는 말에는 자포자기 같은 심정도 느껴졌다. 그래서 그랬는지 염치없이 사내와 술을 마셨다. 동네가 재개발이 되면서 쫓겨나다시피 이사를 왔다는 것이다. 사내의 시원시원하고 솔직한 말투에 끌려서 그랬는지 모른다. 사내가 뭐하는 분이냐고 물었을 때, 여간해서는 밝히지 않는, 글 쓰는 인간이라고 솔직하게 말했다.

"아, 그러십니까. 그럼 함 시인을 알겠군요."

사내는 내게 어떤 글을 쓰느냐거나 당신 이름으로 된 책은 어떤 게 있느냐는 말 대신에 대뜸 함 시인을 아냐고 물었다.

"함 시인이요?"

"네에, 강화에 사는……."

"아, 예, 함민복 시인을 말하는군요."

"그렇지요!"

사내는 내가 함 시인을 알 줄 알았다는 듯이 무릎을 치며 그때부터 정말로 나를 글 쓰는 인간으로 봐주는 듯했다. 함 시인이 그렇게 유명한가 싶었지만, 이 사내는 '눈물은 왜 짠 가' 라는 함 시인의 글을 몇 번이고 되풀이 하면서 자기가 알고 있는 최고의 시인은 함 시인이라고 말했다. 그러니까 그의 시 보다는 그 시인의 진솔한 마음을 더 좋아한 모양이었다. 함 시인의 시를 몇 편이나 읽었는지 모르지만 사내에게는 함 시인이야말로 진정한 시인이었고, 작가라면 마땅히 함 시인 정도는 알아야 하는 것이었다. 그러고 보니 함 시인의 순하디 순한, 넓데데한 얼굴과 닮아 있는 것도 같았다. 술을 좋아하는 것까지 닮아 있는지도 몰랐다. 사내는 돌아가려고 신을 신는 내게 자신들이 잘 살 수 있도록 현관 터를 꽉꽉 밟아달라고까지 주문했다. 그때부터 사내는 매일 저녁 내 집 초인종을 눌렀다. 아파트 근처 슈퍼 앞에서 막걸리를 마시기도 했고 그의 집에서도, 내 집에서도 술을 마셨다. 나도 마침 장편소설을 끝내고 여유를 부리고 싶었던 터라 사내와 술을 마시는 게 그리 싫지는 않았다.

여자를 계속 복도에 세워둘 수는 없는 노릇이었다. 문을 열었다.

"베란다에서 내다보니 아직 불이 켜져 있길래……."

여자는 고개를 숙여 겨우 그렇게 말하고는 거스러미 인 아랫입술을 잘근잘근 씹으며 뜯어내고 있었다. 여자는 남편을 같이 좀 찾아봐줄 수 없겠냐고 물었다. 술을 좋아하긴 해도 연락도 없이 이렇게 늦은 적이 없다는 것이다. 남편에게 수십 번 전화를 걸었지만 받지 않았고, 두어 시간 전부터는 아예 전원까지 꺼져 있노라고 했다. 알 수 없는 불안감 때문에 도저히 집에 그냥 있을 수 없었다고 했다. 난감한 노릇이었다. 며칠 같이 술을 먹었다고 사내를 찾으러 이 밤거리를 헤맬 생각을 하니 한편으로 귀찮기도 했다. 사람이 술을 먹다보면 늦을 수도 있는 것 아닌가. 여자가 너무 예민하게 구는 건 아닌가 하는 생각도 들었지만 차마 거절하기 어려웠다. 여자는 비쩍 마른 몸에 추위에 떨어서 그런지 안색까지 창백해보였다. 바람 부는 길거리를 여자 혼자 덜덜 떨며 돌아다닐 걸 생각하니 모른 척 문을 닫을 수가 없었다. 차로 이 동네를 몇 바퀴쯤

돌다보면 찾을 수 있을 것 같기도 했다. 이런 날씨에 술 먹고 길거리에서 쓰러져 잔다면 그것도 위험한 일이란 생각이 들었다.

여자는 다행히 남편이 갈만한 곳을 여러 군데 알고 있었다. 투다리, 개코네 삼겹살, 병천순대 등 대부분 싼값에 가볍게 술을 마실 수 있는 곳이었다. 그렇게 몇 군데 돌았지만 사내는 보이지 않았다. 가게 안을 둘러보고 나올 때마다 여자의 얼굴색은 눈에 띄게 어두워졌다.

"더 갈만한 곳은 없습니까? 잘 생각해보십시오."

여자는 힘없이 고개를 저었다. 그때 불현듯 어제 사내가 전에 살던 집 얘기를 하던 게 떠올랐다. 아파트 앞 노천술집에서였다. 사내는 제 집을 버리고 온 심정을 모를 거라고 했다. 버리고 왔다는 집은 제 손으로 지은 거나 다름없는 집이라고 했다. 물론 설계사나 건축업자가 따로 있기는 했다. 하지만 사내는 공사 기간 동안 하루도 빠짐없이 공사현장을 들락거렸다. 비가 오면 비닐을 사다 덮었고, 상량식에는 아내와 함께 떡과 국과 밥을 지어 고사를 지내고 인부들을 먹이기도 했

다. 그러나 집은 사내의 애정과는 달리 날림으로 지어지다시
피 해서 자주 손봐야 하는 일이 생겼다. 하수구가 막힌다든
가, 석유보일러가 고장난다든가, 장마 때 집에 습기차는 걸
막기 위해 집 앞 뒤로 네 군데나 설치한 펌프가 잘 돌아가지
않는다든가 하는 일이 수시로 일어났다. 다행히 사내는 그런
일들을 거의 다 알아서 처리했다. 부속을 갈아 끼운다든가,
하수구 뚫는 스프링 레일을 사다 하수구 구멍에 넣고 돌린다
든가, 갑자기 차단기가 내려가면 누전된 곳을 찾아 선을 교체
한다든가 하는 일을 직접 했다. 갑자기 수도 사용량이 늘어난
것을 보니 집 안 어딘가 누수가 되는 것 같다는 수도 검침원
말에 거실 바닥 몇 군데를 파낸 끝에 누수 난 곳을 찾아낸 것
도 사내였다. 힘들고 어려운 일을 마다하지 않았다. 집에 관
한한 특히 더 했다. 집은 그렇게 완공되면서부터 잔병치레하
는 아이처럼 끊임없이 사내의 손길을 요구했다. 사내는 그런
집이 자식 같았다고, 그런 집을 버리고 나온 자신의 심정은
아픈 자식을 버린 비정한 아버지 같은 것이라고 했다. 그 말
을 할 때는 목소리마저 떨렸다.

막걸리가 담긴 양은그릇에 너풀거리던 은행잎이 떨어졌지만 사내는 검지로 건져내고 단숨에 막걸리를 들이켰다.

"혹시 전에 살던 집에 가진 않았을까요?"

여자는 고개를 흔들었다. 이미 집을 버리고 온 사내였다. 이사 들어올 사람도 없는 집, 곧 재개발로 허물어질 집에는 버리고 나온 잡다한 쓰레기로 꽉 차 있을 뿐이라고 했다. 그러나 마냥 길거리를 돌 수는 없었다. 골목 어디에라도 쓰러져 있을까봐 전조등을 밝힌 채 골목골목 돌았지만 사내는 보이지 않았다. 벌써 새벽 네 시가 지나가고 있었다.

"전에 살던 집에, 가, 볼까요?"

어떤 기대도 담겨 있지 않은 말이었다.

사람이 살다 떠난 집들이라고는 믿기 어려울만큼 동네의 집들은 신산한 분위기를 풍기고 있었다. 전조등에 비친 집 대문이나 담벼락에는 붉은 스프레이로 '공가'라고 쓰여 있었다. 빈집이라는 뜻으로 '공가'라고 표시해놓은 것일 테지만 마구 흘려 쓴 붉은 글씨나 아래로 길게 흘러내린 페인트 자국은 마치 피를 흘리는 모습 같아 보여 섬뜩했다. 게다가 붉은 페인트로 쳐놓은 커다란 동그라미는 보는 사람 기분까지 휑하니 만들었다. 이사한 지 오래된 집들은 창문이고 뭐고 다 뜯겨나가 내부가 훤히 들여다보였다. 이주를 독촉하기 위해서도 동네를 더 슬럼화시키고 있는 게 아닌가 싶었다. 무법지대처럼 으스스한 기분까지 들었다. 여자 말처럼 이런 곳에 사내가 있을 것 같지 않았다.

마당에는 아마도 집을 지을 때 심었을 법한 라일락나무와 대추나무가 기괴하게 가지를 뻗고 있었다. 사내는 라일락이 피는 봄이면 대문을 열자마자 풍기는 그 향기에 취해 그냥 잘 수가 없었다고 했지만 나무들은 앙상할 뿐이었다. 전조등에 비친 나무 그림자는 그악스럽게 집을 집어 삼킬 듯 뻗어 있었다. 현관문은 잠겨 있지 않았다.

집 안은 그야말로 난장판이나 다름없었다. 사내가 두고 왔다는 가구들이 제멋대로 서 있었고 바닥에는 잡다한 물건들이 널려 있었다. 여자는 방마다 열어보며 떨리는 목소리로 사내를 불렀다. 나는 방 안을 휴대전화에 달린 불빛으로 비춰보았다. 파헤쳐진 동물 내장 같다는 생각이 퍼뜩 들어 몸서리쳐

졌다. 방문을 열 때마다 여자의 목소리는 점점 울음에 가까워졌다. 그렇게 마지막으로 화장실 문을 열었을 때, 환한 불빛이 문이 열림과 동시에 쏟아져 나왔다. 사내는 변기 위에 엉덩이를 올려놓고 잠들어 있었다.

바지를 내리지 않았달 뿐, 대변이라도 보고 있는 듯한 자세였다. 술에 취해 무의식적으로 찾아 들어온 사람치고는 화장실 바닥에 쓰러지지 않고 앉아 있는 것이 용했다. 어제, 술 한 잔 하고 돌아가는 길에 사내는 웃으면서 말했다. 이사하고 나서 어찌된 게 한번도 화장실에서 시원하게 볼 일을 못 봤다고. 자영업자라 마음 놓고 화장실 가기도 어려워 어떻게 하든 출근 전에 볼 일을 보고 가려는데 이사한 뒤로는 그게 쉽지 않다는 것이다. 벌써 며칠째 배가 더부룩하다고 했다. 항문이 낯을 가리나보다고 웃기지도 않는 말을 하고 웃었다. 사내의 아내는 화장실에 들어가면 나오지 않는 남편을 채근하다가도 그가 화장실에서 나올 때면 이번엔 시를 세 편은 썼겠다는 식으로 놀려댄다고 했다.

"여보오!"

여자가 쓰러지듯 사내에게 안겼고, 그제야 사내는 힘겹게
눈꺼풀을 들어올렸다.

"다, 당신, 왜 그래?"

"왜 여기서 이러고 있어요? 얼마나 찾아다닌 줄 알아요? 얼
마나 무서웠는데……."

여자는 기어이 사내 무릎에 얼굴을 박고 울음을 터뜨렸다.

"무슨 소린지……."

사내는 영문을 알 수 없다는 듯한 표정으로 나를 발견하고
서야 사태를 파악한 것 같았다.

"술에 취해 집으로 간다는 게 그만……, 집은 집인데."

개의 시간

남자는 계단을 내려오다 우뚝 멈춰 섰다. 팽그르 눈발이 바람에 회전을 하며 날리는 마당 한가운데서 개가 교미를 하고 있었다. 엉덩이를 맞붙인 채, 다섯 가구가 내려다보는 마당 한가운데서. 동네 개는 발발거리며 낑낑대고 있었고 우리 개는 엉덩이를 맞붙인 채 심드렁하게 앞발로 시멘트 바닥을 긁어댔다. 늙은 홀아비가 늦은 아침으로 라면을 끓여 먹다 때에 절은 옷에 흘린 면발을 주워 먹을 때의 표정이었다. 남자는 잠시 눈앞에 보이는 광경이 과연 교미가 맞는 것인가 하는 생각을 했다. 개들은 수컷이 암컷 등에 올라탄 자세로 교미를 한다고 알고 있었기 때문인지도 모른다. 개들이 왜 그렇게 교미를 한다고 생각했는지 알 수 없다. 누구한테 들은 것인지 아니면 어릴 적 동네 어귀에서 개들이 하는 그 짓을 본 것인지, 책에서 그런 내용을 읽은 것인지 전혀 기억할 수 없었다. 그러나 둘의 엉덩이가 무언가로 단단히 밀착된 것은 사실이었다. 옆집 개가 인기척에 놀라 달아나려고 발버둥을 치고 낑낑댔지만 도무지 떨어지질 않아 그럴 수가 없었다.

"저, 저, 저 놈이⋯⋯."

반지하방에 사는 아줌마가 쿵쿵거리며 나와 세숫대야에 든 물을 개 엉덩이에 확 끼얹었다. 그 바람에 동네 개가 놀라 후다닥 대문 밖으로 도망을 쳤다. 남자는 개의 벌건 그것을 놓치지 않고 보았고, 돌아서는 아줌마의 귓불이 빨개지는 것을 보았다.

"원, 남사스럽게스리."

아줌마는 남자와 흘낏 마주친 눈길을 피해 투덜대며 들어갔다. 그사이 개는 제 집으로 들어가 버렸다. 마당에 뿌려진 물이 땅으로 스며들면서 피워 낸 김이 흩날리는 눈발을 죽였다.

남자가 이사 온 지 한 달쯤 되었을 때 주인집은 3개월 된 진돗개를 데리고 왔다. 귀는 바짝 서 있고, 꼬리는 진돗개의 그것처럼 동그랗게 말려있었지만 사람만 보면 짖어대는 개였다. 3개월 된 진돗개는 3년 동안 그 집을 지켰던 개보다 몸집이 컸다. 짖는 소리부터 달랐다. 진돗개를 데려온 뒤 주인여자가 옆집 아줌마와 떠는 수다를 들었다. 안 들으려야 안 들을 수가 없었다. 남자의 반지하 방은 마당과 창문 밑이 맞닿아 있어서 밖에서 떠드는 소리가 다 들렸다.

"똘똘이를 다른 사람한테 주면 좋겠는데 혹시 키울만한 사람 없을까? 진돗개가 밥을 많이 먹어서 두 마리 키우기는 벅차거든."

밥을 많이 먹는 건 진돗개였다. 집을 더 잘 지키는 것은 똘똘이였다. 얼마나 눈치가 빠르고 영리한지 세 들어 사는 식구들도 모두 알아보고 짖지 않았다. 남자를 보며 꼬리를 흔들기도 했다. 똥개여도 영특했다. 도둑 걱정도 없었다. 걸맞게 이름도 똘똘이였다. 남자는 밖에서 밥을 먹게 되면 고기나 생선 남는 걸 챙겨다 똘똘이에게 주었다. 술에 취해 들어갈 때, 똘똘이는 귀신같이 남자의 걸음을 알아채고 한껏 졸린 표정으로 집에서 나왔다. 그게 고마워서 주머니에 챙겨온 고등어나 삼겹살을 주었다. 똘똘이는 먹는 것도 똘똘하게 먹었다. 쓰다듬는 손길을 개의치 않고 먹었다. 가끔 똘똘이 목줄을 잡고 산책을 다녀오기도 했다. 산책이 익숙해지자 누가 산책을 시키는지 모르게 되었다. 똘똘이는 똘똘하게 서너 발짝 앞에서 길을 인도했다.

"눈치가 너무 빨라서 싫어. 개가 개다워야지. 똘똘이를 쳐다보면 사람 속을 빤히 들여다보고 있는 거 같아 어떨 때는 무섭다니까."

똘똘이가 퇴물 취급을 받는 이유였다.

언제는 훈련시켜 애써 길들여놓고 이제 와서 똥개 같지 않다니.

남자는 진돗개가 영 못마땅했다. 몸집이 커서 싫었고, 시도 때도 없이 사람만 보면 왕왕 짖어대는 것도 싫었고, 아무 데나 똥오줌을 갈기는 것도 참을 수가 없었다. 겨울인데도 냄새가 났다. 이름만 진돗개였다.

진돗개가 온지 얼마 안 돼 똘똘이 목을 물었다. 집이 달랐지만 영역싸움이었다. 목을 물린 똘똘이는 꼬리를 내릴 수밖에 없었다. 진돗개 짖는 소리에 가려 똘똘이 소리는 점점 작아졌다. 집에서 나오지 않는 날도 많았다. 남자가 지나가도 꼬리를 흔들지 않았다. 그럴수록 남자는 밖에서 서성거렸다. 일부러 더 자주 똘똘이를 데리고 산책을 나갔다. 포구까지 나가 해가 지는 걸 보고 오기도 했다. 한겨울 을씨년스러운 포구 끝 노을을 바라보며 똘똘이는 큰 소리로 두어 번 짖기도 했다. 울음에는 스러져가는 노을빛이 주는 쓸쓸한 풍경이 고스란히 담겨 있었다.

산책이 끝나고 똘똘이 줄을 묶어 줄 때, 주인집에 불이 꺼져 있으면 괜히 진돗개에게 발길질하기도 했다. 진돗개는 더 크게 짖어댔다. 마당이 쩌렁쩌렁 울렸다. 개가 짖으면 남자의 빈 가슴이 공명을 일으켰다. 그럴수록 가슴은 횅해졌다.

남자는 저녁에 집으로 돌아가다가 아침에 보았던, 똘똘이와 엉덩이를 맞대고 있던 개를 기억해냈다. 포구 산책이 끝나고, 굴막이 끝나고, 꾸쭈미집 쪽으로 가다보면 만나게 되는 마당이 있는 집 개였다. 언제부터 똘똘이가 산책을 이끌며 꼭 들르던 집이었다. 남자는 마당으로 들어가는 똘똘이 목줄을 풀어주고 담에 기대어 똘똘이가 나올 때까지 담배 한 대를 천천히 피웠다. 굴막에서 전해져오는 굴 비린내를 맡으며, 저녁이 내려앉는 시간을 고요히 맞았다.

사랑을 나누다가 뜨거운 물세례를 받았던 똘똘이. 남자는 눈이 쌓인 길을 허청대며 위태롭게 걸었다. 언제 미끄러질지 몰랐다. 그래도 담벽 쪽이나 남들이 밟지 않은 길을 골라 조심스럽게 걷지 않았다.

집안은 눈에 덮인 채 고요했다. 웬일인지 진돗개도 조용했다. 남자는 똘똘이 집 앞에 쭈그리고 앉았다. 안에서 그릉그릉 소리가 들렸다. 가만히 줄을 잡아당겼다. 똘똘이는 꿈쩍도 하지 않았다. 좀 더 세게 끈을 잡아당겼다. 똘똘이가 목을 빼고 슬금슬금 기어 나왔다. 남자는 똘똘이 등을 쓸어주었다. 머리도 쓰다듬어주고, 목도 만져주었다. 털이 뻣뻣했다. 남자는 똘똘이 눈을 바라보았다. 검은 눈동자에 남자의 얼굴이 들어있었다. 목에 맨 줄을 풀었다. 가! 가! 남자가 똘똘이 엉덩이를 밀었다. 몇 발짝 걸어가던 똘똘이가 대문 앞에서 멈춰 섰다. 남자는 똘똘이를 번쩍 들어올렸다. 그리고 대문 밖에다 놓아주었다. 몇 번 쭈뼛거리던 똘똘이가 슬금슬금 걸음을 옮겼다. 가! 뛰어가! 뒤돌아보지 말고 뛰어가! 뒤돌아보던 똘똘이가 눈 속을 뛰어갔다. 내리는 눈이 똘똘이 지나간 흔적을 지우고 있었다. 남자는 하염없이 눈을 바라보았다. 보이지 않는 눈 속을 헤치고 익숙한 형체가 다가오고 있었다. 눈은 그칠 기미를 보이지 않았다.

새벽, 편의점

저벅저벅 어둠 속을 걸어 다니는 빗소리가 들렸다. 이 비로 목련은 툭툭 건조하게 몸을 버릴 테지. 난분분하던 벚꽃도 지상을 향해 가벼이 몸을 날릴 테고. 바쁜 날들이 오겠지. 이 비가 그치면……. 재인은 정처 없이 떠도는 생각을 머릿속에서 털어냈다.

재인은 카디건을 걸쳐 입고 신발장에서 검은 우산을 꺼내 들었다. 따뜻한 밥이 먹고 싶었다. 어두운 길가에서 바라본 편의점 안의 불빛들이 너무 환해 도시의 오아시스처럼 낯설었다. 빗속을 가르며 택시가 지나갔다. 바람이 따라가다 재인의 검은 우산에 부딪혔다.

매장 안이 따뜻했다. 처음엔 외부와 차단된 공기 때문인 줄 알았다. 하지만 매장 안을 따뜻하게 한 건 사라브라이트만의 목소리 때문이란 걸 금방 알아챌 수 있었다. 그녀의 감미로운 노래 Dust in the wind가 흐르고 있었다. 바람 속의 먼지일 뿐이야. 우리 모두 다 바람 속의 먼지일 뿐이야. 너무 집착하지 마. 하늘과 땅 이외에 영원한 건 아무 것도 없어.

재인은 천천히 진열대를 돌았다. 바람 속의 먼지일 뿐이라고, 집착하지 말라고. 하늘과 땅 이외에 영원한 것은 아무 것도 없다는 걸 진정으로 깨닫게 될 때는 마지막 순간이 아닐까. 아니, 목숨을 놓는 그 마지막 순간에도 삶은 얼마나 지리멸렬하게 들러붙고 미련이 남을지. 먼지처럼 매장을 한 바퀴 돌다가 햇반을 샀다. 후후 불어가며 달게 밥을 먹던 광고가 떠올랐다. 햇반과 흰 밥 위에 올려 먹을 햄과 포장용 작은 김치와 캔커피를 계산대에 놓았다. 새벽 내내 매장 안에 앉아 있었을 텐데 바코드를 찍는 노랑머리 남자의 눈매가 밝았다. 막 세수를 끝낸 얼굴을 하고 있었다.

"밤 세워 혼자 앉아 있으려면 졸리지 않아요?"

재인은 다시 차가운 공기가 가라앉은 길로 나서기 싫었다. 아니, 노랑머리에게 말을 건네는 목소리가 목울대를 타고 밖으로 나오는 순간, 누구라도 붙들고 얘기를 하지 않으면 소리라도 질러버릴 것 같은 자신을 발견했다.

"피곤하죠. 따분하기도 하구요."

"얼굴은 전혀 피곤해 보이지 않는데요?"

"저는 졸릴 때마다 엉뚱한 상상을 하거든요. 조금 전에 제가 뭘 상상했는지 아세요? 밤새 이 안에 있으면 밖이 어두워지는 게 아니라 매장 안이 점점 밝아지는 것 같아요. 어둠은 같은 색인데 형광등 빛이 점점 더 밝아지는 거죠. 이 빛을 시기한 어둠이 사거리에서 나를 노려보고 있고요. 어둠이 볼 때 이곳은 악의 장소. 그리고 저는 그 악의 전사구요. 의협심이 강한 어둠은 천천히 내 뒤통수를 노려보면서 가슴에 손을 갖다 대죠. 어둠은 가슴 속 깊숙이 숨겨둔 총을 꺼냅니다. 그리고 천천히 이곳까지 걸어오죠. 졸고 있느라 방심한 내 뒤통수를 겨냥해 천천히 방아쇠를 당기는 거예요. 퍽. 총은 소음기를 끼웠기 때문에 소리가 나지 않죠. 그냥, 퍽. 유리창이 점점이 깨져 쏟아져 내리고, 매장 안은 순식간에 어둠에 잠기고, 나는 단 한마디도 소리치지 못한 채 여기 계산대에 고개를 처박는 겁니다. 씨뻘건, 아니 검은 피가 왈칵왈칵 쏟아져 매장 바닥까지 검붉게 물들이죠. 그런 상상을 하면 뒷골이 쭈뼛 서요. 정말 총잡이가 있을 거 같아서 고개를 돌렸는데 손님이 길 건너편에 서 있더라고요. 검은 우산을 쓰고. 가슴이 철렁했죠. 저, 혹시 가슴에 총 같은 거 있는 거 아니죠? 후후."

밤새 침묵하고 있었을 노랑머리는 말을 걸어준 재인이 반가웠는지 신이나 떠들었다.

"끔찍한 상상이네요. 게임이나 환타지를 너무 많이 보셨나 봐요."

"맞아요. 재미있잖아요. 사실 여기 앉아 있으면 너무 지루하거든요."

"우리 가게 자주 오셨죠? 밤에 오는 손님은 많지 않으니까 금방 기억하게 돼요. 더구나 이쁘시잖아요. 집이 이 근처인가 봐요?"

　재인은 고개를 끄덕였다. 재인이 무언가를 먹고 싶다고 느끼는 건 늦은 밤일 때가 많았다. 상점들이 문을 닫은 후의 시간. 주위의 빌라들도 어둠 속에 잠기고 혼자 불을 밝히고 있다는 걸 느끼면 갑자기 허기가 졌다. 배가 고파 잠들 수 없을 만큼의 허기. 그러면 재인은 밤고양이처럼 슬며시 밖으로 나와 거리로 나섰다. 새벽에 깨어 있으려면 노랑머리처럼 비현실을 상상하거나, 무엇이라도 먹어 배를 채워야 했다. 새벽은 허기처럼 그리움이 몰려드는 시간이었다. 그러니까 내 허기를 충동질 한 것도, 노랑머리를 향해 총을 발사한 것도 모두 새벽에 막무가내로 몰려드는 그리움인 것이다.

　거슬러 준 잔돈과 물건을 담은 봉지를 집어 들었다. 노랑머리가 계산대 옆에 있는 사탕통에서 막대사탕 하나를 내밀었다.

　"안녕히 가십시오."

　노랑머리가 경쾌하게 인사를 했다. 편의점 문을 밀고 나가려던 재인이 봉지를 들고 있지 않은 오른 손을 왼쪽 가슴에 갖다 댄 뒤, 엄지와 검지를 펴 남자의 노랗게 물들인 머리에

겨눴다. 퍽.

　재인이 우산을 펴들고 편의점 문을 나서자 남자는 팔을 쭈욱 뻗어 기지개를 켰다. 잠깐 사이 세상은 조금더 환해져 있었다. 어둠이 사라진 것이다. 어둠은 순순히 물러난 것일까? 재인은 노랑머리가 준 막대사탕을 입에 물었다. 볼이 볼록 튀어나왔다.

카카오톡

카카오톡에 새로운 친구가 떴다. 이름을 본 순간 가슴이 철렁 내려앉았다. 그녀는 당장 전화를 걸어 누구세요, 묻고 싶은 걸 참아야 했다. 겨우 잊을 수 있을 거 같은 생각이 들던 때였다. 그 번호는 그녀의 휴대전화에서 아직 지워지지 않은 그의 번호와 이름이었다. 그는 이 년 전에 죽었고, 아직 그녀의 휴대전화에는 그의 번호가 남아 있었다. 그의 번호를 남겨놓아야하나 지워야하나 하는 고민은 없었다. 그냥 처음 입력한 그대로 남아 있을 뿐이었고 남아 있는지도 몰랐다. 그 번호로 누군가 개통하자 자동으로 카카오톡에 친구로 등록된 것이다.

그녀는 숨죽여 카카오톡을 보았다. 볼 때마다 빠르게 움직이는 심장 펌프질 소리가 느껴질 정도였다. 잊을 수 있을 것 같던 그가 왁각왈칵 보고 싶어졌다. 그가 그녀 모르게 어딘가에 살아 있을 것만 같았다. 카카오톡의 보이스톡 기능을 이용해 전화를 걸고 싶은 충동이 몇 번이나 일었다. 그의 뼈를 화장했고, 유언대로 수목장까지 했는데 그 모든 것이 한 순간의 꿈은 아니었을까 생각되었다. 그의 번호를 해지 했지만 누군가가 그의 번호로 개통할 수 있다고 생각해본 적은 없었다.

다음날 카톡 프로필에 바리스타가 커피와 우유거품을 이용해 하트를 그린 라떼커피 한 잔을 찍은 사진이 올라왔다. 오늘은 어제 죽은 자의 미래이다, 라는 문구도 있었다. 커피 잔 윗부분을 가득 채운 거품에 가볍게 떠 있는 거품 하트를 바라보았다. 거품 같은 사랑. 그녀는 하트가 그려진 라떼커피를 프로필로 올릴만한 사람이라면 막연히 20대거나 30대 초반의 여자일거라고 짐작했다. 젊은 치기가 느껴진다고 생각한 건 전혀 근거 없는 지극히 주관적인 판단이었다.

그 번호는 그의 것이어야 했다. 뭔가 허방을 딛는 기분이었다. 누군지 궁금했다. 무엇을 하는 사람인지, 여자인지 남자인지, 나이는 어떻게 되는 것인지. 이 번호의 주인은 그 번호를 쓰던 전 사람이 어떤 사람이라는 것을 알까? 그녀는 자신의 휴대전화를 바라보았다. 오늘은 어제 죽은 자의 미래라니 어쩌면 이 휴대전화의 번호도 누군가 쓰던 번호는 아닐까. 여덟 자리로 만들 수 있는 숫자의 조합은 얼마나 될까.

카톡 프로필은 사흘이 멀다 하고 수시로 바뀌었다. 고양이를 좋아하는지 다양한 고양이 사진이 올라오기도 했다. 그러다 며칠째 프로필에 변화가 없었다. 몰래 숨어서 누군가를 훔쳐보듯 카톡을 보았다. 그 번호의 주인은 누군가 전혀 모르는 사람이 그렇게 자신의 프로필을 보고 있으리라고는 생각하지 못할 것이다. 하루가 지나고 또 하루가 지나고, 며칠 째 프로필에 변화가 없자 다시 그 번호로 전화를 걸고 싶은 충동이 일었다.

어지러운 꿈도 꾸었다. 단지 그가 쓰던 번호를 누군가 쓸 뿐인데, 죽어 있어야 할 번호가 움직이자 그가 곁에 있는 것처럼 삶이 흔들렸다. 수시로 휴대전화를 꺼내들었다. 술을 마시고 들어온 저녁, 그녀는 휴대전화를 꺼냈다. 그의 번호를 찬찬히 보았다. 프로필에는 변함없이 일주일 전에 올려놓은 흰 고양이 사진이었다.

그녀는 그가 보고 싶었다. 잘 있는 거지? 그녀는 한 자 한 자 글자를 입력했다. 지붕 위에 올라가 죽은 자가 전생에 입던 옷가지를 흔들며 망자의 혼을 부르는 듯한 심정으로 글자를 입력했다. 한 자 한 자 입력하는 시간이 억겁의 시간처럼 무겁게 느껴졌다. 이 자판 위에는 없는 세계가 어디엔가 펼쳐져 있을 것만 같았다. 결코 일목요연하게 정리되지 않을 혼돈과 질풍이 휘몰아치는 벌판에 서 있는 것만 같았다. 어딘가에서 그가 답을 해주길 간절히 바랐다. 전송버튼을 눌렀다. 그의 카톡에 그녀가 쓴 글자가 안착되었다. 잘 있는 거지? 카톡.

에스페로

아버지 에스페로를 끌고 다녔다. 아버지의 차는 자주색이었다. 에스페로의 등장은 화려했다. 1500DOHC면서도 차체는 중형차에 가까웠다. 중형차를 몰고 싶은 구매자의 심리를 적용시킨 차였다. 게다가 미끈하게 빠진 차체는 고급스러운 세련미를 더했다. 아버지는 자동차 광고가 나올 때마다 화면에서 눈을 떼지 못했다. 나는 아직도 이 광고를 생생하게 떠올릴 수 있다. 광고는 '地上飛行'이라는 타이틀이 뜨면서 시작되었다. '탑건'이라는 영화에 나왔던 F14 톰캣 공군기가 활주로에 서 있다. 출발을 유도하는 깃발이 올라가고 공군기는 활주로를 달려 이륙한다. 동시에 자주색 에스페로도 미끄러지듯 활주로를 달린다. 카메라 앵글은 넓고 세련된 차의 내부를 훑은 다음 다시 햇빛을 받아 반짝이는 자주색 후드를 중심으로 옆면과 뒤를 차례로 따라간다. '스타일이 빛난다, 화려함이 빛난다'라는 문구가 뜨고 F14 톰캣 공군기 앞으로 에스페로가 당당하게 멈춰 선다.

아버지는 광고에 나온 것과 똑같은 에스페로를 할부로 샀다. 그 돈이 어디서 생겼는지 모르지만 어머니와 나는 9회말 역전 홈런이라도 당한 기분이었다. 에스페로는 두 대의 차가 아슬아슬하게 지나다니는 언덕길의 절반 가량을 차지하고 자리 잡았다. 동네가 단연 빛이 났다. 아니, 동네가 빛이 나는 것이 아니라 차만 자리를 잘못 잡은 것처럼 생뚱맞아보였다는 느낌이 더 맞을 것이다. 아버지는 차 고사 지내는 것도 잊지 않았다. 어머니와 나도 차를 향해 절을 했다. 아버지는 막걸리를 네 바퀴에 조금씩 뿌리고 난 뒤, 차를 쓰다듬으며 내게 말 했다. 어때, 뽀대나지?

뽀대. 새 차에 대한 흥분 때문이었을 것이다. 고상한 아버지 입에서 튀어나올 수 없는 단어였다. 어떻게든 어려운 한자어를 끌어다 써야 품위가 유지된다고 생각하는 아버지였다. 아버지 입에서 튀어나온 뽀대는 새 차의 광택처럼 빛났다.

그 차는 4년 동안 언덕길 중턱, 전셋집 앞에 주차 돼 있었다. 아버지는 매일 차를 닦고 광을 냈다. 차는 우리집에 사는 내내 주인집의 따가운 눈총을 받았다. 주인집은 아직 차를 마련할 여력이 없었다. 계약 기간이 끝나자마자 주인은 당장 전셋값을 올려달라고 했다. 아버지는 전셋값보다는 누군가 차에 흠집을 낼까봐 커버를 씌워놓는데 더 신경을 썼다.

아버지는 제일 먼저 그 차에 나를 태웠다. 나는 아버지의 으쓱한 어깨와 새 차에서 나는 냄새 때문에 골치가 아팠다. 차는 플래카드와 깃발이 휘날리는 실내체육관 앞에서 멈췄다. 행사가 끝날 때까지 차 안에 있던 아버지는 군중들이 우르르 몰려나올 때에야 차에서 내렸다. 그리고는 인파를 뚫고 누군가를 기다려 그의 손목을 낚아채다시피 잡아끌었다. 그리고 나를 인사시켰다. 시장이었다. 우리 아들이야, 나중에 우리 아들 결혼할 때 자네가 꼭 주례를 서줘야 하네. 친구 좋다는 게 뭔가. 아버지는 내 어깨에 올렸던 손으로 차 지붕을 쓰윽 훑었다. 시장은 내 어깨를 두드리며 그러마고 대답한 뒤, 차를 일별하고는 서둘러 자리를 떴다. 내 나이 열일곱 살 때였다. 시장의 웃음 뒤에 감춰진 경멸쯤은 충분히 눈치 챌 수 있는 나이였다.

개가 말이야. 아버지는 돌아오는 차 안에서 내내 시장 얘기를 꺼냈다. 아버지는 시장과 대학 동창이었다. 시장을 개로 부름으로서 자신을 시장과 동일시하려 했다. 아버지는 내 기분 따위는 아랑곳하지 않았다. 아니 철저하게 무시했고 모른 척 했다. 그것이 아버지가 사는 방식이었다. 아버지는 시장과 친구라는 것을, 일류대학을 나왔다는 것을, 인물 번듯하다는 것을 평생 방패로 이용해먹고 살았다. 늘 양복을 빼입고 다방에서 여자들에게 커피를 사줬으며, 커피 값의 수백 수천 배 되는 돈을 우려먹었다. 그럴 때 아버지 외모와 학벌과 시장의 친구라는 장식은 아버지를 그럴싸하게 포장해주었다. 빌딩 계단 청소를 하던 엄마나 공업고등학교에 다니던 나는 아버지의 장식이 될 수 없었다.

아버지는 내가 아는 한 평생 직장을 가져보지 않았다. 엄마가 조심스럽게 취직 얘기라도 꺼낼라치면 당장에 눈을 부라렸다. 감히 나를 어떻게 그런 곳에 들어가라고 하느냐고 되레 큰 소리를 쳤다. 그런 아버지가 들어갈 만한 자리는 어디에도 없었다. 선거철마다 정치판을 기웃거리는 게 유일한 일이었다.

아버지가 어쩌다 한 다발의 돈을 내놓는 일도 있었다. 그때마다 이제부터 어깨 쫙 펴고 살 거라고 했고, 이쯤은 애들 껌값이라고 했다. 그러면 엄마는 밀린 외상값을 갚고 삼겹살 굽는 냄새를 풍길 수 있었다. 아버지는 자랑스럽게 많이 먹으라는 말을 삼겹살 위에 쌈장처럼 얹었다. 삼겹살을 먹고 나면 이 돈은 어디서 생긴 것일까 하는 생각이 들었다. 그러면 그 고소하던 삼겹살이 느끼한 트림이 되어 나왔다. 껌값으로 삼겹살을 먹는 일은 명절 꼽는 횟수 만큼이었다. 아버지는 우리 앞에서 다음 껌값이 생길 때까지 단물이 빠지고 딱딱해져도 질기게 그 껌을 씹어댔다.

엄마가 죽은 뒤에도 아버지는 조금도 변하지 않았다.

여전히 하는 일도 없이 큰돈을 벌어올 것처럼 큰 소리를 쳤고, 엄마에게 그랬던 것처럼 내게도 당당하게 돈을 요구했고, 그 자리에서 엄지에 침을 발라가며 뻔뻔하게 돈을 세어보고는 했다. 그럴 때마다 서서 자는 말 팔자타령을 후렴구처럼 뽑으며 말띠인 내 생이 고달픈 건 어쩔 수 없다는 식으로 변명을 했다. 나중에 아버지가 산 에스페로가, 1500DOHC 엔진에는 과한 중형 차체를 얹었다는 것을 알게 되었을 때 차를 쓰다듬으며 말하던 아버지의 뽀대를 떠올리지 않을 수 없었다.

아버지는 갑자기 뇌출혈로 쓰러졌다. 병원에 입원해서 하루 동안 의식이 없었다. 의사는 다른 환자 예를 보여주며 언제 다시 발병할지 모른다고 했다. 다시 뇌출혈이 오면 그때는 위험할 수 있다고 했다. 아버지는 늙었고 주름도 깊었다. 성격은 여전했고, 아버지 뽀대가 되어줄 것은 아무것도 없었다. 아버지를 미워하고 원망했지만 그렇다고 호흡기를 떼버리고 싶다거나 하는 생각은 들지 않았다. 자다 깨어 적막 속에서 아버지 숨소리에 귀를 기울였다. 숨소리가 들리길 바라는 것인지, 아닌지 잘 알 수 없었다. 참을 수 없이 화가 날 때는 아버지를 죽이고 싶다는 생각도 했지만, 그뿐이었다.

아버지는 의식을 회복하고 일주일 가량 입원해 있다가 퇴원했다. 아버지는 음식은 가려 먹었지만 술 담배를 끊지는 못했다. 대신 타르와 니코틴 함량이 낮은 담배, 알코올 도수가 낮은 술로 전향 했다. 물론 아버지는 많이 변했다. 장식도 오래되면 유행에 뒤지거나 색이 변하게 돼 있다. 언제까지고 그 장식이 아버지를 포장해주지 못했다. 아니 아무리 그럴싸하게 포장해도 아버지를 아는 사람들은 모두 그 내용물을 잘 알고 있었다. 속 빈 강정은 단 맛이라도 있었다. 아버지는 먹는 것에 집착했고 몸은 하루가 다르게 불어났다. 그리고 뇌출혈로 쓰러진 다음부터는 급격하게 늙어갔다. 내게 인사 소개시켜주었던 시장은 뇌물수수죄로 감방에 있었다.

어느 날 아버지는 화장실 바닥에 쓰러져 있었다. 구급차를 불러 병원에 도착했지만 이미 아버지의 숨은 끊어져 있었다. 아버지의 죽음이 실감나지 않았다. 최고의 학력도, 시장 친구라는 타이틀도, 잘 생긴 외모도 없었다면, 그래서 어디 감히

내게 그런 일을, 이란 말은 생각조차 할 수 없었다면 아버지
의 삶은 달라졌을까. 누구에게는 든든한 백그라운드가 될 수
있었던 것들이 아버지에겐 풀지 못할 족쇄였던 것일까. 모를
일이다.

우리 집의 전설 같았던 자주색 에스페로의 끝은 허망했다.
오후에 일찍 집에 들어와 여느 날과 다름없이 차를 주차시키
려던 아버지는 집으로 들어가기 싫었다. 한밤중에도 식을 줄
모르는 더위 때문이었다. 방은 담 벽이 창문을 절반쯤 가로막
고 있어서 더 더웠다. 아버지는 전날도 자다 일어나 몇 번인
가 화장실로 가서 찬물을 끼얹었지만 그때뿐이었다. 유난히
더위를 못 참아 했다. 아버지는 차 에어컨 곁을 떠나기 싫었
다. 사이드브레이크를 채우고 의자 등받이를 최대한 뒤로 젖
혔다. 공기가 통하도록 최소한의 창문만 열어놓은 뒤 넥타이
를 느슨하게 풀고 등받이에 기댔다. 한숨 자고 들어갈 생각이
었다.

언제부터 차가 움직이기 시작했는지는 알 수 없었다. 언덕 중
턱에 주차되었던 차가 큰길 바로 앞의 교회 담을 부수고 들어

간 것은 순식간이었다. 주인집 아저씨가 소리쳐 부르는 소리
를 듣고 나가보았을 때에는 이미 차는 굴러 내려간 흔적을 여
실히 드러낸 채 저 아래에 처박혀 있는 게 보였다. 동네 사람
들이 제집 앞에 내놓은 고무화분이나 스티로폼 등이 눌리고
깨진 채 뒹굴었다. 거기에 심어놓은 분꽃이나, 고추 상추 등
은 짓밟혀 뭉그러졌다.

아버지는 반쯤 풀린 넥타이 꼴로 넋이 나가 있었다. 사태를
미처 파악하지 못하는 것 같았다. 아니 나라도 믿기 어려웠을
것이다. 차가 왜 움직였는지는 알 수 없었다. 아버지는 구경
나온 사람들이 천만다행이라고 입을 모을 정도로 멀쩡했다.

견인차가 도착하고 차를 끌어낼 때까지도 아버지는 멍한 상
태였다. 뽑은 지 4년 정도 지난 차지만 매일 쓸고 닦고 애지
중지한 덕분에 새차나 다름없던 차였다. 에스페로는 벽돌에
박혀 유리창이 깨지고 사이드미러나 범퍼는 박살나 대롱거리
고, 후드는 우그러진 채 처참한 몰골로 생을 마감했다.

아버지는 견인차가 떠나고 난 뒤 정신이 번쩍 들었는지 택
시를 잡아탔다. 택시가 멈춘 곳은 폐차장이었다. 아버지의 에

스페로는 폐차장에 쌓여 있는 어느 차보다 나을 게 없었다.

　겨우 고철 값에 해당하는 돈을 받고 나온 아버지는 제일 먼저 눈에 띄는 슈퍼로 들어가 소주를 한 병 사가지고 나왔다. 그리고는 파라솔 아래 의자에 걸터앉아 그대로 병나발을 불었다. 말릴 새도 없었다. 다시 소주 한 병을 더 들고 나왔다. 아버지는 두 병을 안주도 없이 깨끗이 비운 뒤 양복 안주머니에서 손수건을 꺼냈다. 그리고는 얼굴에 맺힌 땀을 닦았다. 그러더니 별안간 끄윽끄윽 신음을 삼키며 울었다. 아직 할부가 끝나지 않은 차를 고철 값에 넘겨야 하는 때문인지, 사고 보상에 대한 암담함 때문인지, 잃어버린 뽀대 때문인지 알 수 없었다. 한때 에스페로는 어디를 가나 눈에 띄었다. 하지만 처음에는 낮고 날렵하게 보이던 에스페로의 후드나 전체적으로 잘 잡힌 각이 빛나던 외관도 어느 때부터는 부담스럽게 길다는 느낌이 들었다.

　꽉 막힌 도로에서 에스페로를 발견했다. 20년도 더 된 차였다. 멀쩡해보였다. 잘 견디고 있구나, 속으로 중얼거렸다. 언제 에스페로가 단종 되었는지 알 수 없었다.

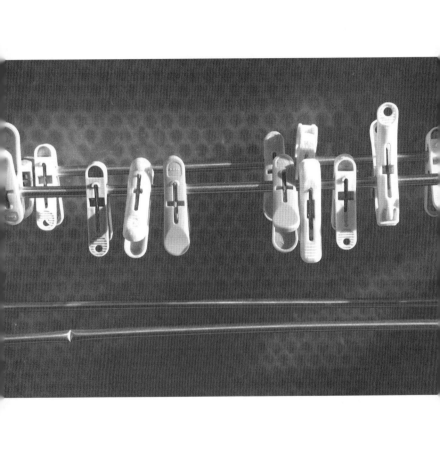

사의 찬미

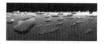

　여자는 콧노래를 부르다 멈칫했다. 무심코 흥얼거린 노래였다. 여자는 요즘 무의식적으로 그 노래를 흥얼거리고 있는 자신을 발견하고는 했는데 그럴 때마다 하던 일을 멈추게 되었다. 세르비아의 스카다리야 거리에서 보았던 한 광경이 떠올랐기 때문이었다. 광장에서 눈물을 훔치던 건장한 노인을 잊을 수가 없었다. 아니, 군악대가 연주하던 그 곡을 잊을 수가 없었다.

　여자가 발칸 4개국을 도는 패키지여행에 따라나서게 된 건 순전히 우연이었다. 여자는 딱히 여행을 가고 싶은 마음도,

그렇다고 가고 싶지 않은 마음도 없었다. 당일에서야 짐을 싸고 여행을 떠나면서도 여자는 적지 않은 돈을 들여 이 여행을 왜 떠나는지 갈피를 잡을 수가 없었다. 동유럽 국가에 대해 아는 게 없었다.

여자는 세르비아가 과거 유고슬라비아의 핵심국가였으나 지금은 주변의 모든 공화국이 제각기 독립하여 발칸반도의 그저 그런 나라가 되었다는 얘기를 흘려들었다. 버스로 거리를 돌 때 민족 간의 살육 전쟁이니, 나토 공습으로 파괴된 건물이니 하는 것들도 귀에 들어오지 않았다.

여자는 가이드를 따라 길을 걷다가 문득 고개를 들었다. 고개를 숙이고 길을 걷는 건 여자의 오래된 습관이었다. 19세기 예술인의 활동무대였다는 스카다리야 광장을 거닐 때, 뭔가 다른 분위기가 감지되었다. 전통 드레스를 차려입은 여자와 턱시도에 중절모까지 쓴 중년 남자가 여자 앞을 걸어가고 있었다. 공연이 있는 모양이라고 생각했다. 광장 한 가운데로 오자 더 많은 중세 의상을 입은 사람들이 보였다.

무대는 높게 마련된 것이 아니라 오히려 낮게 마련되어 내려다보는 형태였다. 허리가 잘록하고 치마가 한껏 부푼 드레스를 입은 처녀 다섯이 무대 외곽 벤치에 앉았다. 군악대는 무대 밖, 여자와 정면으로 마주보는 곳에 위치해 있었다. 가이드는 근처 식당에 점심이 예약되어 있어 오래 볼 수는 없고 잠깐 맛본다는 느낌으로 구경하라고 했다. 여행객 모두 뜻밖의 볼거리에 무대 주변으로 몰려들었다. 방송국 차량과 카메라들도 눈에 띄었다.

군악대의 연주가 시작되었다. 귀에 익은 음이 서너 마디 연주되었을 때, 여자는 자신도 모르게 어쩌면 좋아, 하고 말을 했다. 여자가 그날 처음 뱉은 말이었다. 먼 유럽에 와서 여자가 들은 연주는, 윤심덕의 〈사의 찬미〉였다. 사의 찬미라니. 여자가 당황하는 사이 가이드 말이 들렸다. 〈사의 찬미〉는 번안 곡인데 원곡 제목이 〈다뉴브강의 잔물결〉이에요. 이바노비치라는 가수가 불렀죠.

여자는 이 거리로 오기 전에 들렀던 곳에서 잠깐 다뉴브강을 내려다보긴 했다. 윤심덕이 부른 노래를 언제 들어 보았나 떠올려 보았지만 기억나지 않았다. 그럼에도 여자의 입에서 군악대의 연주에 맞춰 노래가 따라 나왔다.

광막한 황야를 달리는 인생아 너는 무엇을 찾으려 하느냐.

이래도 한 세상 저래도 한 평생. 돈도 명예도 사랑도 다 싫다.

여자가 기억하는 가사의 전부였다. 여자뿐만 아니라 다른 관광객들도 낯선 이국에서 듣는 익숙한 노래에 감동한 듯 노래를 따라 불렀다. 여자는 윤심덕의 목소리가 기억나지 않았다. 그러나 군악대의 연주와 윤심덕의 노래는 달랐다. 윤심덕의 노래가 중성적인 음색에 처지는 느낌이라면 군악대의 연주는 힘이 있었다. 장중한 무게가 있었다. 군악대의 악기편성 탓일지도 모른다는 생각이 들긴 했지만 확인할 방법은 없었다. 여자는 음악에 대해선 아는 게 없었다.

휴대전화를 꺼내 동영상 촬영버튼을 눌렀다. 여자는 이 광장에서 벌어지는 공연이 정확히 무엇인지 알 수 없었다. 그들의 언어를 알아들을 리 없었다. 그럼에도 흥분을 감출 수가 없었다. 군악대의 연주가 끝나고 사회자가 마이크를 들었고, 군악대를 지휘하던 군인이 나와 몇 마디 연설을 했다. 그의

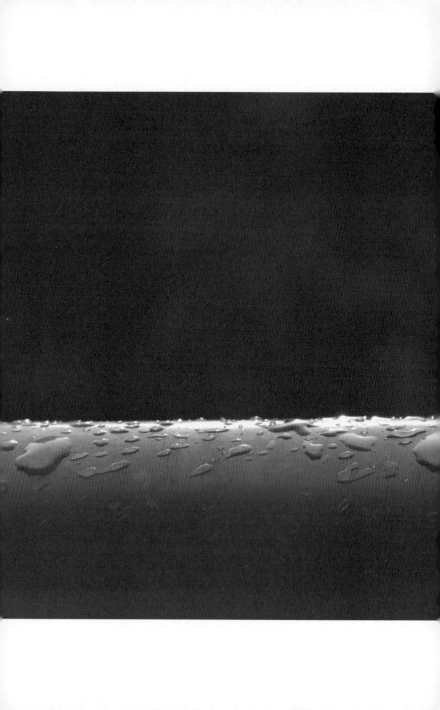

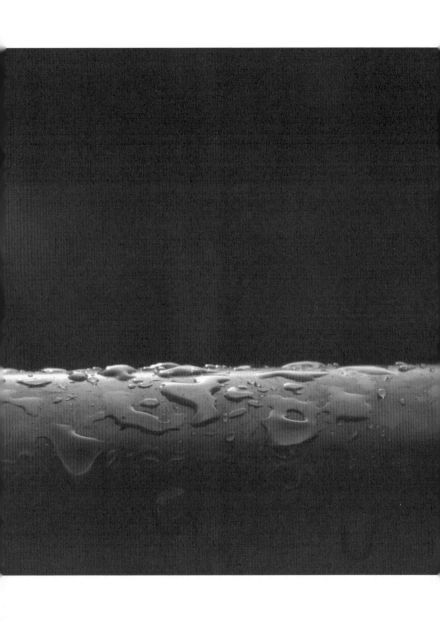

목소리는 격앙되어 있었다. 그들은 내전에 대해, 아니면 나토 공습에 대해 말하고 있는지도 몰랐다. 공연을 지켜보던 중년 남자가 눈가를 훔치는 것이 보였다. 머리가 희끗희끗한, 생의 고비를 몇 번이나 넘겼을 법한 늙은 사내가 광장 한가운데서 눈물을 훔치고 있었다. 군악대장의 격앙된 목소리와 단호한 손짓, 눈물을 보이는 늙은 사내. 여자는 공연의 내용을 알아 듣지 못하면서도 울컥했다. 그게 군악대의 연주 탓인지, 격앙 된 군악대장의 목소리 때문인지, 노인의 눈물 때문인지 분명 치 않았다.

공연을 끝까지 보고 싶었지만 가이드가 재촉하는 바람에 그 자리를 뜰 수밖에 없었다. 식당으로 내려가는데 마이크가 눈 앞에 나타났다.

하우 어바웃 퍼포먼스?

취재진으로 보이는 남자가 불쑥 여자에게 마이크를 들이댔 다. 여자는 동양여자를 보고 영어로 공연이 어땠냐고 묻는 취 재진의 질문을 알아들었지만 머뭇거렸다. 여자는 겨우 조국, 이라고 내뱉었다. 취재진이 어깨를 으쓱해보였다.

알아들을 수 없다는 포즈였다. 알아들을 리가 없었다. 여자의 입에서 나온 말은 '조국'이었다. 여자는 공연이 신선했다거나 놀랍다거나 좋았다고 말해야 했다. 여자의 입에서 한번도 뱉어본 적이 없는 조국이라는 사어死語가 나왔을 때 여자도 적이 당황했다. 한때, 여자는 혁명을 꿈꿨었다. 자신을 모두 내던져 주먹을 불끈 쥐고 하늘로 치켜들던 그때, 여자는 비장했다. 오래전 얘기였다.

여자는 먼 유럽까지 와서 쇠락한 나라의 광장에서 〈사의 찬미〉를 연주하는 군악대의 연주를 들으며 문득, 이 연주를 들으려고 여기까지 온 것이 아닌가 하는 생각이 들었다. 근거 없는 생각이었다.

여행에서 돌아온 뒤에도 여자의 입에서 문득 〈사의 찬미〉가 흘러나왔다. 여자는 노래를 좋아하는 편이 아니었다. 한때 회식을 하면 2차는 무조건 노래방으로 향할 때마다 여자는 곤혹스러웠다. 그런 여자의 입에서 노래가 흘러나왔다. 어느 날은 제 흥에 취해 노래를 부르기도 했고, 어느 날은 자기도 모르게 그 노래를 흥얼거리는 자신에게 흠칫 놀라기도 했다. 그

럴 때마다 여자는 뭔가 알 수 없는 것으로 벅차오른 느낌이었
다.

여자는 어느 날 문득 그 노래를 흥얼거리는 자신을 보다가
컴퓨터를 켜고 윤심덕의 〈사의 찬미〉를 검색했다. 그녀가 부
른 노래를 제대로 들어보고 싶었다. 이리저리 사이트를 뒤진
끝에 윤심덕이 부른 〈사의 찬미〉를 들을 수 있었다.

광막한 광야를 달리는 인생아 너의 가는 곳 그 어데이냐

쓸쓸한 세상 험악한 고해에 너는 무엇을 찾으려 하느냐

눈물로 된 이 세상에 나 죽으면 그만일까

행복 찾는 인생들아 너 찾는 것 설움

여자는 갸웃했다. 처음 듣는 노래였다. 첫줄을 제외하면 여
자가 알고 있는 노래가 아니었다. 여자가 듣기에 한국 최초의
소프라노라는 명성에 걸맞지 않게 윤심덕의 목소리는 가늘고
째졌다. 그 당시의 조악한 녹음 탓만은 아닌 것 같았다. 게다
가 리듬은 두 배쯤 느렸다. 여자가 기억하고 있는 '이래도 한
세상 저래도 한 평생' 하는 가사는 2절에 가서도 나오지도 않
았다.

웃는 저 꽃과 우는 저 새들이 그 운명이 모두 다 같구나

삶에 열중한 가련한 인생아 너는 칼 위에 춤추는 자로다

여자는 어찌된 일일까 의아했다. 이리저리 뒤져본 끝에 리메이크라는 기사에 와서야 여자는 누군가의 리메이크 곡을 들은 것이라 생각했다. 리메이크 된 곡을 들으면서 그 가수는 기억 못하고 원래 부른 가수만 기억하고 있었다. 윤심덕과 김우진이 이루어질 수 없는 사랑을 비관해 현해탄에 몸을 던졌다는 기사는 여자의 흥미를 끌지 못했다. 세기의 스캔들 어찌고 했지만 여자에게는 아무런 감흥도 없었다. 여자는 그들 둘이 자살을 한 게 아니라 자살을 위장하고 해외의 어느 곳에서 살고 있을지도 모른다는 생각을 했다. 죽음 때문에, 죽음을 예감하듯 만들어진 노래 때문에 그녀의 삶은 지금까지도 뭇 사람의 호기심을 자극했다. 사랑은 껍데기만 질기다. 여자는 오히려 가사 중에 삶에 열중한 가련한 인생아 너는 칼 위에 춤추는 자로다 라는 부분에 눈길이 멈췄다.

스텝 바이 스텝

　어머니의 나비장 안쪽 상자 안에서 발견한 것은 신문지에 싸인 네 개의 쇳조각이었다. 반달 모양의 쇳조각 두 개와 모서리가 둥근 삼각형 모양의 조각 두 개. 쇳조각에는 작은 구멍이 두 개씩 나 있었다. 그건 나사가 끼워져 있었던 자리였다. 징은 반들반들하게 닳아 가운데 새겨져 있던 영문자가 지워져 흐렸다. 그 쇳조각을, 나는 단번에 알아보았다. 어머니의 신발 밑바닥에 달려 있던 것이었다. 쇳조각은 구두의 뒷축과 앞 발바닥 쪽에 각각 박혀 있던 징이었다. 뒷굽과 앞창에 징이 박혀 있고, 신발 끈이 끼워져 있는 검정색의 인조가죽으로 된 탭슈즈를 또렷이 기억했다.

어머니는 주기적으로 몸살을 앓고 누웠다. 그러면 아버지는 어머니를 병원에 데려가는 대신 집을 비웠다. 아버지가 대문을 나서자마자 어머니는 언제 아팠냐 싶게 이부자리를 털고 일어나 사뿐히 집을 나섰다. 걸을 때 어머니의 발바닥은 땅을 딛고 있지 않아 보였다. 스르르 미끄러지듯, 나풀거리듯 걸어다녔다. 아버지가 집을 비우지 않으면 장에 간다고 내 손을 잡고 대문을 나서기도 했다. 어머니는 버스를 타고 시내로 나갔다. 교습소였을까. 그곳에서 어머니는 내가 한 번도 본 적이 없는 춤을 추었다. 아니 그건 어머니의 말대로 춤이라기보다는 음악에 가까웠다. 몸이 만들어내는 음악. 다른 춤처럼 음악에 맞춰 허리를 흔들지도 않았고, 남녀가 어울려 끌어안고 춤을 추지도 않았다. 그렇다고 우아하게 발레를 하는 것도 아니었다. 단지 발을 움직였을 뿐이었다. 어머니가 발을 움직일 때마다 발에서 소리가 났다. 딱딱따그닥닥딱딱 바닥에 구두 밑창이 닿아 울리는 소리는 경쾌했다. 어머니가 탭댄스를 출 때는 걷는 것인지 스텝을 밟는 것인지 분간이 안 갔다. 우로, 앞으로, 뒤로, 사선으로, 빠르게, 느리게, 빨리하다 느리게, 바닥을 한 번 치거나 여러 번 치거나 연속해서 치거나 하는 것들이 그냥 흥겹게 걷는 정도로 보였다. 특별한 게 없어 보였다. 그런데도 소리는 놀랍도록 경쾌하고 맑고 리듬감이 있었다. 저절로 고개가 까닥여지기도 했다. 그렇게 몸을 움직여 리듬을 만들 때 어머니는 어머니가 아니었다. 무언가에 홀린 듯, 손과 발이 저절로 움직이는 듯했다. 내 몸이 악기여. 뭔 가락이든 장단 맞출 수 있다니. 어머니는 땀에 흠뻑 젖어 말했다.

나는 아버지에게 어머니의 춤을 말하지 않았다. 어머니의 장바구니 한쪽에 자리 잡은 딱딱이 신발에 대해서도. 어머니가 어떻게 탭댄스를 추게 되었는지, 딱딱이 신발을 어디서 구했는지 알지 못했다. 그런 걸 물어보기엔 나는 너무 어렸다. 지금도 어머니가 탭댄스를 출 때 나던 소리가 또렷하다. 말발굽소리 같기도 하고, 빨래방망이 두드리는 소리 같기도 하고, 한여름 양철지붕에 쏟아지던 소나기 같은 그런 단순한 소리. 그 소리들이 리듬을 탈 때 어머니 몸은 내가 봐도 악기였다.

발의 관절과 몸의 리듬으로 소리를 만들어내는 이 세상에 단
하나밖에 없는 타악기.

그날은 어찌된 일일까. 눈을 떠보니 집엔 아무도 없었다.
나는 무엇 때문인지 방문을 열고 나오려다 발에 무언가 걸리
고, 중심을 잃고 넘어지면서 불 위에 올려진 솥뚜껑을 짚는
다. 뚜껑이 제대로 닫혀 있지 않았던지, 옆으로 밀려나고 내
손은 솥 안으로 들어간다. 나는 놀라 손을 빼고 자지러지게
운다. 워메워메, 어쩔끄나. 누군가 뜨거운 물에 젖은 스웨터
를 성급하게 벗기고 손을 끌어 찬물에 담근다. 스웨터가 벗겨
질 때, 데인 손목의 피부가 따라 벗겨져 불그죽죽한 핏줄을
드러낸다. 그만 정신을 잃는다.

잠에서 깼을 때, 나는 손목에 붕대가 감긴 채 어머니 등에
업혀 있다. 손에는 바나나를 들고 있다. '바' 글자를 배울 때,
그림판에 그려져 있던 노란 바나나와 똑같은 바나나다. 풋 맛
이 나면서 달다. 나는 손목의 아픔쯤은 깨끗이 잊는다. 맛있
냐. 어머니가 흘러내리는 내 엉덩이를 추스르며 묻는다. 목소
리에 기운이 없다. 응, 내가 생각했던 맛하고 똑같은 맛이야.

나는 일부러 큰 소리를 냈지만 목소리에 울음이 가시지 않았다. 내 몸이 자꾸 어머니 등에서 미끄러진다. 어머니 등에 업혀 가기에는 나는 너무 크고 무겁다. 게다가 어머니의 손엔 장바구니까지 들려 있다. 내려줘. 어머니와 손을 잡고 걷는다. 봄에는 유채꽃으로 가득했던 들판이 버려진 땅처럼 황량하다.

들길을 돌아 어느 빈집 앞에 서 있다. 아니, 어머니가 멈춰 서길래 따라 섰을 것이다. 어머니는 문짝이 떨어져 반쯤 기울어진 사이로 보이는 방 안에 눈길을 준다. 집이 빈 지 오래된 것 같았다. 어머니는 내 손을 잡고 그 집을 지나친다. 몇 걸음 걸어가다 어머니는 다시 뒤돌아 그 집을 바라본다. 마른 바람이 불었다. 엄마, 나 다리 아퍼. 나는 엄마 손을 잡아끌었다. 쉬었다 갈까? 엄마의 목소리에 생기가 돌았다. 되돌아 빈집 문을 열고 들어간다. 엄마는 바나나 한 개를 더 꺼내 준 뒤에도 장바구니를 만지작거린다. 방바닥엔 기름종이가 발라져 있다 엄마, 춤춰봐. 발춤. 이 빈집에서는 엄마의 발춤이 어떤 소리를 만들어 낼지 궁금했다.

HAPPY
B-DAY
TO
MY MOM ♡

2014
VE

어머니는 가방 안에서 딱딱이 신발을 꺼낸다. 끈을 조여 묶고 일어선다. 또그닥닥 또그닥닥, 어머니의 춤이 시작된다. 어머니의 신발과 바닥이 찰떡처럼 달라붙어 당기는 느낌이다. 리듬은 그 어느 때보다도 내 귀에 착착 감긴다. 나는 천천히 바나나를 한 입 문다. 무언가 눈앞에 어른거린다.

팔, 랑. 나비, 엄마, 나비다.

어머니의 귀에 그 소리는 들리지 않는다. 어머니는 지금 눈을 감고 타악기의 연주를 듣고 있다. 어머니 몸에서 울리는 악기 소리에 취해 있다. 무언가 또 움직인다. 팔, 랑. 한두 마리, 서너 마리의 나비가 천천히 팔랑거린다. 어디서 날아온 나비일까. 나는 귀로는 탭 리듬을, 눈으로는 천천히 나비를 좇는다. 움찔. 벽 전체가 움직이는 것 같다. 나는 그제야 흙벽에 다닥다닥 붙은 수백 마리의 나비떼를 본다. 내 눈을 믿을 수가 없다. 바랜 벽지처럼 누르스름한 나비들은 날개를 접고 고요히 겨울잠을 자는 중이었다. 나비는 봄이나 여름에만 볼 수 있는 곤충인 줄 알았다. 아니, 나비가 애벌레나 고치상태가 아닌 나비로도 겨울을 나는 종류가 있다는 사실은 중학교에 가서야 알았다. 네발나비나 뿔나비들이 그렇게 겨울을 난다는 것이다. 그 사실을 알기 전까지 나는 내가 본 것을 믿을 수가 없었다.

그 광경은 사실이었지만 믿지 못함으로 세월의 힘을 빌려 꿈이 되었다. 내가 본 나비는 아마도 네발나비였던 것 같았다. 나비들은 어머니의 탭댄스 소리에 맞추듯 잠에서 깨어나 날개를 펴려다 말거나, 느리게 날아올랐다. 어머니의 스텝이 빨라졌다. 발뒤꿈치와 앞 발가락 쪽의 제각각 다른 네 가지 소리들이 어우러졌다. 바닥이 어머니의 땀방울로 얼룩졌다. 나비들이 하나 둘씩 날아오르기 시작했다. 점점 춤추는 나비의 수가 늘어났다. 나비들은 어머니 주위를 천천히 날갯짓 했다. 어머니의 춤과 나비들의 어지러운 날갯짓은 요요했다. 어머니는 나비가 얼굴에 부딪히고 달라붙고 나서야 춤을 멈췄다. 나비들도 하나 둘, 다시 벽에 달라붙거나 바닥으로 떨어졌다. 빈 방에 울리던 탭 소리가 사라지자 갑자기 적막했다.

춤을 추다보면 내가 내는 소리에 나도 모르게 입 안에 침이 돌 때가 있어야. 막걸리에 푹 삭힌 홍어랑, 돼지고기 삶은 거랑, 묵은 김치가 들어간 홍어 삼합 알제? 그것을 앞에 둔 거 맨치로 소리가 맞나야. 참 묘하제? ……이제 다시는 맛보지 못하겄제.

어머니가 붕대 감긴 내 손목을 천천히 쓸었다. 아직도 진정이 안 되는지 어머니의 가슴께가 크게 부풀었다 가라앉았다. 땀방울이 얼굴 골을 타고 흘러내렸다.

미안하다. 미안하다, 내 새끼.

후두둑 굵은 눈물 방울이 붕대 위로 떨어졌다. 어머니는 한동안 자리에서 일어설 줄 몰랐다. 어머니는 내가 손목을 데이던 날, 그 빈집에서 나비떼와 함께 춤추던 그날 이후로 스텝을 밟지 않았다. 우화의 시기였다.

원추리

새다! 떨어진 것이 새라는 것을 확인하는 동시에 고개를 들어 사내를 바라본다. 사내도 아래를 내려다본다. 나는 꼼짝 못 한 채 떨어진 새에게서 눈길을 떼지 못한다. 새가 뒤척인다. 나도 모르게 날숨이 나온다. 새가 몇 번 몸을 움츠리더니 일어나 화단을 몇 발짝 걷는다. 비틀거리며 몇 발자국을 더 걷던 새가 깃털을 털고, 날개를 퍼득거려 날아오른다.

새가 날아간 자리를 보았다. 아직 엷은 얼음이 생선비늘처럼 남아 있는 화단에 뾰족하게 돋아난 싹이 보였다. 원추리 싹이었다. 이제 겨우 손가락 두어 마디쯤 돋은 싹이었다. 새의 자취는 어디에도 없다. 사내만이 빌딩 팔 층쯤에 매달려 있다. 매달려 있는 것처럼 보이지만 나는 사내가 굵은 밧줄과 연결된 좌대에 앉아 있다는 것을 안다. 사내를 매달고 있는 밧줄은 긴장을 유지한 채 수직이다. 빌딩 외벽 전체가 같은 크기의 유리창으로 되어 있어, 닦인 유리창들이 볕살을 향해 일제히 카드섹션을 연출하는 것처럼 보였다. 가끔씩 새들이 떼를 지어 건물을 가로지르며 부유한 시간 속으로 사라졌다. 유리창을 닦던 사내가 열린 유리창 안으로 머리를 들이 민다. 빌딩이 굶주린 백상어처럼 아가리를 벌려 사내의 머리부터 발까지 통째로 삼켜버린다. 좌대만이 긴 외줄 그네처럼 매달려 있다.

빌딩 안으로 사라졌던 사내의 몸이 다시 보였다. 두 발을 내밀어 좌대에 올라앉으면서 등과 뒷머리가 유리창 밖으로 빠져나왔다.

허공을 걸을 때는 발끝에 힘을 주면 안 돼. 발끝에 힘을 준다는 건 긴장하고 있다는 거야. 긴장하면 몸이 무거워져 금세 떨어지거든. 비워야 해. 새의 뼛속처럼. 그래야 허공에 발자국이 남지 않으니까.

사내의 뜬 발을 보며 은미의 말을 떠올렸다.

몇 시간 전에 사내를 처음 보았다. 얼결에 눈이 마주친 셈이었다. 보험 약관에 대한 직원의 설명을 듣는데, 테이블 위로 그림자가 어룽댔다. 고개를 들었다. 창문으로 쏟아져 들어온 빛을 등지고 사내는 거미인간처럼 유리창에 달라붙어 있었다. 조금 전 엘리베이터를 타고 올라올 때 십일 층 버튼을 누른 기억이 났다. 오늘 빌딩 외벽청소가 있는 날이거든요. 직원이 내 눈길을 잡아당기며 말했다. 그림자 때문에 직원의 설명이 귀에 들어오지 않았다.

횡단보도를 건너 테이크아웃점에 들어가 의자에 주저앉았다. 갑자기 극심한 피로가 몰려드는 듯했다. 커피를 주문하고 테이블에 엎드렸다.

원추리꽃을 가르쳐 준 사람은 은미였다. 은미는 원추리를 '하루를 사는 꽃'이라고 했다. 그래서 외국에서는 데이릴리라고 부른다고. 아침에 피었다가 저녁이면 시드는, 하루를 사는 꽃, 그래서 붙여진 이름 데이릴리. 속명屬名조차도 '하루의 아름다움이라는 뜻'의 헤메로칼리스라고 했던가. 하지만 최근에 나온 개량종은 일 년 내내 꽃을 볼 수 있대. 그래도 이름은 데이릴리야. 똑같은 데이릴리인데 원 데이와 에브리 데이가 다 하나의 데이로 불려. 원 데이 이꼴 에브리 데이. 재밌지 않아?

커피를 마시려다 말고 밖을 내다보았다. 빌딩이 한 눈에 들어왔다. 아니, 어쩌면 나는 무의식중에도 빌딩을 볼 수 있는, 아니 유리창 닦는 사내를 볼 수 있는 장소를 찾아 이리로 들어왔는지도 모른다. 사내는 다른 세 명의 남자들과 십오 층에서부터 유리창을 한 장 한 장 닦으며 아래로 내려오고 있는 중이다. 나는 식은 커피를 앞에 놓고 유리를 닦는 사내를 여일하게 바라보았다. 닦인 유리창 어디에도 새가 와서 부딪혔던 흔적은 없었다. 사내의 몸이 출렁, 다시 한 층을 내려온다. 벌써 몇 번째 보는 광경인데 볼 때마다 가슴이 출렁인다. 저러다 미끄러져 아주 줄을 놓치는 것은 아닐까 눈을 뗄 수가 없었다.

은미는 회를 한 점 혀 위에 올려놓더니 천천히 씹었다.

언니, 복어회 먹어봤어? 복어회의 매력은 치명적인 독이라지? 테트로도톡신 말이야. 독에 대해 배울 때 꼭 시험에 나오는 문제였잖아. 잊혀지지도 않네. 그런데 말이야, 최고의 복요리사는 복어의 독소가 혀끝에 짜릿하게 느껴지도록 포를 뜨는 사람이래. 독이 얼마만큼이냐에 따라 최고의 복어 맛을 선사하기도 하고 죽음에 이르게도 한다는 거지. 지금 이 회가 복어회라면 어떨까? 지금 나는 복어회 한 점 물고 있어. 최고의 복어 맛을 느낄 수 있을지, 아니면 죽게 될지는 아무도 장담할 수 없겠지.

그때 느닷없이 은미가 딸꾹질을 시작했다. 딸꾹, 딸꾹, 딸꾹, 딸꾹, 딸꾹.

아이, 딸꾹, 씨, 딸꾹, 술이, 딸꾹, 떨어졌, 딸꾹, 잖어.

나는 은미를 일으켜 세웠다. 회에 어울리는 순한 술 한 병을 나눠 마셨을 뿐인데 빠르게 알코올이 몸으로 스며들었다. 바다 쪽에서 불어온 바람에 날 비린내가 실려 왔다. 우리는 바닷가로 나가 모래밭에 마구 발자국을 찍었다. 은미는 양팔

을 벌려 날아가는 시늉을 하며 뛰어다녔다. 닭싸움을 하려고
한 발을 들어 올렸다가, 부딪쳐보기도 전에 모래밭에 발이 미
끄러져 휘청거렸다. 우리는 알아들을 수 없는 말로 소리를 질
렀고 모래밭을 뒹굴었다. 서로에게 모래를 뿌리기도 했다. 신
발 안은 물론이고 머리통까지 모래로 버석거렸다.

　물이 딸꾹, 빠지고 있어 딸꾹.

　그게 마지막이었다.

　사내가 삼층으로 내려올 때, 다른 사람들은 유리창 닦기를
끝내고 슬슬 장비를 챙겨 차에 싣는다. 먼저들 가라구. 사내
가 혼자 남았을 때 나는 식은 커피를 두고 일어섰다. 계산하
고 거스름돈을 받으려는 찰라 손과 손에서 마찰이 인다. 어
머. 여자가 깜짝 놀란다. 미안해요, 정전기 때문에. 나는 잠깐
내 속에서 고요히 충돌하고 있는 마찰에 대해 생각했다. 갑작
스런 은미의 죽음은 이해도 용서도 되지 않았다. 빌딩 앞으로
갔다. 사내는 좌대에 앉아 유리창 묵은 먼지를 스퀴지로 닦고
있었다. 여전히 그의 발은 허공에서 몸이 움직일 때마다 건들

거렸다. 화단을 둘러보았다. 원추리 싹이 연두빛 새의 발자국으로 선명하게 찍혀 있었다.

손 안에 입김을 불어넣은 뒤 빌딩 문손잡이를 잡았다. 삼층 복도에서 사내가 일하고 있는 곳을 찾기란 어렵지 않았다. 유리창을 닦는 곳까지 걸어가서 섰다. 사내는 유리창 닦는 일에만 열중하느라 나를 보지 못했다. 사내가 나를 볼 때까지 그 자리에 서 있었다. 사내가 스퀴지로 유리창을 닦아내자 사내의 등 뒤가 훤히 보였다. 아까 내가 앉았던 테이크아웃점과 비슷비슷한 크기와 모양의 빌딩과 상점들이 갑자기 눈에 들어왔다. 사내와 다시 눈이 맞는가 싶은 순간 사내가 아래로 떨어졌다. 안 돼. 나도 모르게 유리창에 얼굴을 댔다. 내 앞에 긴 줄만이 흔들렸다. 유리 창문을 두드렸다. 유리창 아래로 레버가 보였다. 젖혀 유리창 문을 열었다. 사내는 이층에서 아무 일 없이 유리창에 세제를 묻히고 있었다. 다시 이층으로 계단을 뛰어 내려가다 스테인리스 기둥에 몸이 닿았다. 나도 모르게 흠칫 놀란다. 정전기가 손끝에서부터 온몸으로 흐른다.

사내 앞에 서서 가슴을 쓸어내렸다.

"왜 그러쇼? 머 할 말이라도 있수."

사내는 다시 마주친 나를 보고 갸우뚱하더니 물었다.

떨어지지 말라구요. 나는 말을 안으로 삼켰다. 말을 삼키자 고였던 눈물이 넘치듯 갑자기 왈칵 쏟아졌다. 당황한 사내가 유리창 안으로 몸을 밀고 들어왔다. 이거, 참. 사내는 복도에 서서도 어쩔 줄 몰라 했다. 소매가 젖어들었다. 주머니를 뒤적거리던 사내가 화장실에 가서 휴지를 가져왔다. 갑자기 터진 눈물이 잘 멈춰지질 않았다.

갑자기 딸꾹, 데이릴리가 딸꾹, 보고 싶네 딸꾹. 원 데이 이 꼴 딸꾹 에브리 데이. 딸꾹, 하루 안에 딸꾹, 온 생을 담는 거 딸꾹, 언니 딸꾹, 그거 멋지지 않아? 딸꾹, 아이 딸꾹, 이 딸 꾹질은 딸꾹, 왜 안 멈추는 거야, 딸꾹.

은미는 밤마다 내 침대 속으로 기어들어와 나를 끌어안았 다. 살아 있을 때와 바를 바 없었다. 내 귀에 대고 끊임없이 무엇인가를 종알거렸다. 개미의 턱은 시속 이백 킬로미터 이 상의 속력으로 물체를 문대. 개미가 자신의 몸무게보다 훨씬 무거운 물체를 들어 올리는 것도 사실 이 턱 힘 덕분이래. 참 대단하지? 뚱뚱한 사람보다 근육질인 사람이 의외로 무겁다는 거 알아? 근육이 지방보다 밀도가 높기 때문이야. 달의 색깔은 노란색이 아니라 은백색이야. 주변이 어두워서 눈의 착시로 인해 노랗게 보이는 것 뿐이거든. 우리가 보던 만화프로 '톰과 제리' 생각나? 제리가 큰 덩어리 치즈 무지 좋아하잖아. 하지만 실제로 쥐는 치즈를 싫어한대. 물론 냄새 때문이지. 정전기가 자꾸 나면 클립을 옷소매 끝에 끼워봐. 괜찮아질 거야.

목소리가 포도처럼 둥글고 달았다. 잠을 이룰 수가 없었다.

은미가 다니던 여행사에 사물함을 정리하러 갔다가 은미 서랍 한쪽을 빼곡하게 차지하고 있는 출국신고서를 보았다. 업무상 필요한 용지인 줄 알았는데 거기에 은미 이름이 적혀 있었다. 김은미라고. 유럽과 동남아시아의 여러 나라 이름, 머물게 될 호텔이름까지. 은미는 공항에서 손님들과 미팅을 하고, 출국심사대로 걸어가는 사람들을 볼 때마다 자신도 그 자리에 서서 심사를 받고 어디로든 가고 싶었을까.

나에게는 한번도 여행을 가고 싶다는 말을 한 적이 없었다.

"이거 뭔 일인가 모르겠네. 좀 진정 되쇼?"

나는 고개를 끄덕였다.

"뭔 맘 아픈 일이 있었는가는 몰라도 아무데서나 눈물을 쏟아서야. 나 원 참."

"죄송해요. 떨어질까봐 무서워서, 무서워서 눈을 뗄 수가 없었어요."

"아가씨, 괜한 걱정 하셨소. 우릴 보고 그런 말 하는 사람들이 더러 있어요. 뭘 모르고 하는 소리요. 이 자리가 익숙해지면 길거리를 걸어 다니는 것보다 더 편해요. 아, 생각해보슈, 가만히 앉아서 일하는 건데 무서울 건 또 머가 있겠소. 허공이나 길거리나 사고 안 나란 법 없고. 지금은 오히려 길이란게 도무지 시끄럽고 내달리고 부딪치고 더 위험하기 짝이 없는 곳이오. 다 살기 나름이고 생각하기에 달렸단 얘기요. 뭔일을 겪었는지 몰라도 빨리 잊어버리쇼. 그게 약이오."

고개를 내밀어 빈 좌대를 바라보았다.

"왜, 내 말이 거짓뿌렁 같소? 한번 앉아볼 테요?"

"태워주세요."

사내의 말을 듣자 좌대에 앉아보고 싶었다. 허공에 발을 띄우고 있어도 편한지 느껴보고 싶었다. 한번쯤은 복어회를 입에 물어보고 싶었다. 최고의 맛을 느끼게도 하고 죽음에 이르게도 하는 독. 복어독으로 진통에 탁월한 효과가 있는 신약을 개발했다고 하지 않던가. 원 데이와 에브리 데이. 그 경계에 앉고 싶었다.

"깔판에 앉아보겠다고? 아, 이 아가씨 앞에서는 농담도 못하겠네. 세상에 겁나는 게 없는 모양이여. 안 돼요. 줄쟁이나 편한 자리지 아가씨에게도 편한 자리는 아니란 말이요. 웬만한 사람들은 무서워서 앉기도 전에 바지를 적시는 자리라구요, 알아요?"

사내는 난감한 기색이 역력했다. 괜한 말을 꺼냈다고 후회를 하는 것도 같았다. 아니 어쩌면 아무 상관도 없는 여자를 빨리 보내고 마저 유리창을 닦고, 돼지기름 냄새가 풍기는 곳에서 소주잔을 기울이고 싶은지도 몰랐다.

"아뇨. 잡아주면 탈 수 있을 거 같아요. 잠깐만 타 볼게요.

한번만 태워주세요."

괜한 고집을 부리고 있다는 걸 아는데 꼭 한번 타보고 싶었다.

사내가 혀를 찼다.

"고집 센 아가씨네. 안된다잖아요. 나도 일을 빨리 끝내고 가야 하니, 그만 가보쇼."

사내가 유리창으로 다가서려고 했다. 나는 유리창을 막고 섰다.

"제 동생이 떨어져 죽었어요. 걔 이름으로 들었던 보험을 해지하러 여기 온 거고요. 그 앤 밤마다 내 이불을 덮고 밤새 얘기를 해요. 그 애를 다 안다고 생각했는데 지금 와선 아무 것도 모르겠어요. 내가 알던 은미가 그 은미 맞는지, 도무지 모르겠다고요. 한번만 태워주세요. 거기에 앉아보면, 앉아보면 내 혀끝에서 무언가 느껴질 것 같아요."

사내가 내 눈을 뚫어지게 바라보았다. 담배를 꺼냈다가 도로 집어넣었다. 그래도 나는 자리를 비키지 않았다. 카페에서 허공에 매달린 좌대를 볼 때부터 나를 그 자리에 올려놓고 있었는지도 몰랐다.

"여긴 이층이라 뛰어내려도 죽지 않소. 괜히 허튼 생각하지 마쇼. 내 태워는 줄 테니 한 가지만 약속하쇼. 꼭 내 말대로 따라하겠다고."

고개를 끄덕였다. 좌대에 앉아본다고 해서 변하는 건 아무 것도 없다는 걸 알고 있었다. 그걸 알면서도 꼭 저 자리에 앉아보고 싶었다.

사내가 겨드랑이를 잡아준다. 발을 유리창 밖으로 내민다. 먼저 오른발을 좌대에 살짝 대어본다. 좌대가 흔들린다. 덜컥 겁이 난다.

"다른 쪽 발도 올려놓고, 천천히. 밧줄을 가랑이 사이에 놓고 한발씩 밑으로 내려요."

다른 한 발을 같이 올리고 중심을 잡는다. 가랑이께로 밧줄을 걸치게 되어 있다.

"잘하시네. 내가 잡고 있으니 걱정 말고 천천히, 천천히, 로프를 두 손으로 꽉 잡고. 그렇죠. 다 됐소."

사내의 긴장한 목소리가 그대로 전해진다.

"자, 천천히 앉기만 하면 돼요. 앞에 로프가 막아주니까 절 대 떨어질 리 없어요. 걱정 말고 천천히 앉아보소."

발을 밑으로 내리면서 반쯤 몸을 밖으로 내밀고 좌대에 엉덩이를 붙인다.

발끝에 힘을 주지마. 비워야 해, 새의 뼈처럼. 은미는 잔뜩 오므린 내 발가락들을 하나하나 펴주면서 말했다. 언닌 모르지? 언니가 발가락에 얼마나 힘을 주고 다니는지. 가끔가다 발 좀 내려다봐. 언제나 잔뜩 오므리고 있잖아. 먹이를 낚아챌 때나 그렇게 힘을 주는 거야.

나는 웃어넘겼다. 하지만 은미의 말을 들은 뒤로 전화 통화를 하다가, 밥을 먹다가, 하물며 개그프로를 볼 때조차 잔뜩 웅크린 발가락을 볼 수 있었다. 그때마다 발가락을 펴주고 의식적으로 발끝에 힘을 뺐다. 나는 좌대에 올라앉아 천천히 발가락을 펴주는 기분으로 발에 힘을 뺐다.

닦인 유리창에 희미하게 내 얼굴이 반사되었다. 사내 얼굴과 겹쳐보였다. 나는 사내 등 뒤를 바라보았다. 사내의 등 뒤에는 사무실로 들어가는 문들이 도열해 있었다. 그 문마다 손잡이를 비틀어보고 싶다는 생각이 들었다. 그 안에 무엇이 있는지 보고 싶었다.

나는 천천히 위를 올려다보았다. 잡고 있는 밧줄을 따라 옥상까지 눈길을 주었다. 아래에서 올려다보던 줄과 좌대에서 바라보는 밧줄은 또 달랐다. 지금 나를 지탱하고 있는 것은 이 좌대와 연결된, 바로 내 앞에 보이는 밧줄이었으므로 밧줄은 그냥 밧줄이 아니었다.

밧줄은 하늘로 올라가는 듯도 했고, 혼요燦爛한 우주 속에서 내려온 듯도 했다. 바람이 부는지 밧줄이 한 순간 휘청거렸다.

월남쌈을 드세요

어깨가 드러난 민소매 셔츠, 땀에 얼룩진 화장, 왼쪽 입귀가 슬쩍 들려진 채 어색하게 웃고 있는 입. 그 뒤로 보이는 버스 안의 금연 표지판. 허리부터 눈 밑까지만 찍힌 사진을 본 순간, 나는 내가 낯설었다. 눈빛을 볼 수 없어서인지 사진 속 내 얼굴은 웃고 있다기보다는 오히려 희극적으로 느껴졌다. 카메라를 건네 받다가 셔터가 눌리는 바람에 찍힌 사진 같았다. 사진 속 인물은 분명 나인데 잘린 내 모습은 내가 아닌 것 같았다. 여행에서 돌아와 현관문을 열었을 때도 같은 기분이었다.

덜렁거리던 바퀴 하나가 골목을 돌아 나오는 사이 끝내 빠져버린 여행가방을 끌고 현관에 들어선 순간, 멈칫했다. 갑자기 방이 낯설었다. 방은 여행을 떠나기 전의 내 행적을 고스란히 드러내주고 있었다. 뒤집혀진 잠옷, 가방에 넣으려다 다시 꺼내놓은 컵라면, 샌들이 든 비닐봉지, 옷 몇 가지 등이 제멋대로 어질러져 있었다. 그 광경이 새삼 정겹게 다가오기보다는 잘못 들어온 방처럼 낯설었다. 되돌아 나가고 싶은 기분을 추스르느라 몇 분을 주춤거렸다.

잘린 사진 속 내 모습은 먼 이국에서 들었던 바람소리를 떠올리게 했다. 대나무 통 속을 울리고 나오는 각기 다른 음 뒤에 긴 여음으로 따라붙던 바람소리. 그리고 그 소리가 사진 속에서 멀리 한 여자를 불러냈다.

대부분의 사람들이 오토바이를 타고 다니는 이국의 도시는 클랙슨 소리가 끊이질 않았다. 사람들은 비싼 헬멧 대신 뜨거운 태양을 가릴 수 있는 챙이 있는 모자를 쓰고 다녔다. 젊은 아가씨들은 모자 아래로 눈만 내놓고 얼굴 전체를 손수건으로 가리기도 했다. 마치 중세의 복면 쓴 기사처럼 얼굴을 덮은 수건은 단호해 보였다. 야자수가 드문드문 서 있는 길을 오토바이들은 멈추지 않고 내달렸다.

그러다 버스의 움직임이 느려지고 관광객들이 웅성거렸다. 무심코 창 밖을 내다보았다. 중앙선 바로 옆에 한 여자가 쓰러져 있었다. 범퍼가 찌그러진 대형 트럭이 여자 앞에 육중하게 버티고 서 있었고, 오토바이는 일그러진 채 나동그라져 있었다. 그 주변에 사람들이 몰려들었다. 모자와 손수건이 벗겨진 여자의 얼굴은 검게 그을렸지만 이목구비가 선명했다. 낯설지 않은 얼굴이었다. 마르고 검게 탄 발이 고스란히 드러났다. 아직 온기가 남아있을 것만 같은 여린 발바닥 옆으로 검붉은 피가 흘러들었다. 버스가 그 옆을 천천히 지나치려는 순간, 여자의 가슴이 벌떡거리더니 부르르 떨었다. 치켜 뜬 눈동자가 허공을 붙잡았다. 그때, 누군가 던진 지폐 한 장이 팔랑거리며 쓰러진 몸 위로 앉았다가 바람에 다시 날아올랐다. 나는 여자의 몸에서 빠져나가는 영혼을 본 것 같은 착각에 빠졌다. 여자의 영혼이 일어서서 유리창 앞에서 버스 안을 기웃

거리다 나와 눈이 마주치는 것 같은. 머리끝에서 등골까지 날카로운 바늘이 섰다.

이 나라에선 하루에도 수백 건의 교통사고가 일어납니다. 사람들은 죽음에 대해 그렇게 심각하게 받아들이지 않아요. 워낙 오랫동안 전쟁을 치르고 죽음을 많이 봐왔기 때문에 교통사고로 사람이 죽어도 죽었구나, 하는 정도입니다. 오토바이를 타고 지나가다 장례 치르는데 보태라고 만 동짜리 지폐 한 장 던져주면 끝이에요. 우리나라에서도 월남전에 참전한 군인들이 많았죠.

가이드가 별 일 아니라는 투로 말했다. 눈두덩 밑으로 선글라스 라인이 선명한 그의 얼굴만큼이나 쓸쓸하게 들리는 말이었다.

버스가 천천히 움직였다. 그러나 버스는 앞으로 가는 것이 아니라 후진하고 있었다. 시간을 거스르려는 듯이. 갑자기 햇볕이 유리창 안으로 쏟아졌다. 눈앞이 하얗게 표백되었다. 처음 대면한 죽음과 가이드의 말은 이국의 풍경처럼 낯설었다.

버스는 뒤로 간 것이 아니었다. 옆 차가 내가 탄 차보다 조금 빠르게 지나갔기 때문에 마치 뒤로 가고 있는 것처럼 보인 착시현상이었다. 나는 잠깐동안 눈을 껌벅였다. 하지만 표백된 것들은 좀처럼 제 색으로 돌아오지 않았다.

정신 나갔어? 왜 아직 원고 안 보내? 전화를 받자마자 취재팀의 김이 말을 쏟아냈다. 늦어도 오늘까지 원고를 넘겨야 한다고 했다. 뭐야, 아직도 여독이 안 풀린 거야? 과장의 목소리가 수화기 너머로 튀어 나왔다. 김은 일단 원고를 메일로 송부해 놓고 하루 더 쉬라고 했다. 하지만 여행에 대한 정보는 가기 전보다 더 잡히는 게 없었다. 아니 무엇을 실어야 할지 갈피를 잡을 수가 없었다. 다른 잡지와 똑같은 내용으로 실을 수는 없었다. 여행의 특별한 감상이나 경험을 정보와 함께 끼워 넣는 게 우리 잡지의 매력이었다. 쓸 얘기는 많았는데 정작 쓸 수가 없었다. 오후까지 끙끙대다가 겨우 원고를 넘기고 컴퓨터를 껐다.

아버지에게로 가는 대신 마트에 들렀다. 여행 전 비워놓은 냉장고에는 물밖에 없었다. 가방에 넣으려다 남긴 컵라면을 먹었다. 수첩에 적힌 목록을 보며 필요한 코너를 찾았다. 그러다 진열대에서 라이스페이퍼를 보았다. 쌀국수도 있었다. 여행에서 만난 음식재료였다. 수첩에 없는 목록이었다. 뜨거운 물에 라이스페이퍼를 담갔다가 야채와 고기를 싸서 드세요. 누군가 일러주었다. 소스는요? 뒤를 돌아보며 물었다. 아무도 없었다. 조금 전 내게 설명을 해주던 목소리를 찾을 수 없었다. 망설이던 손이 라이스페이퍼를 집어 카트에 넣었다. 이걸로 뭐 하려고? 나는 속으로 되묻다가 그냥 어깨를 으쓱했다. 무엇을 할지 알 수 없었다. 다만 사야할 것 같은, 그런 기분이 들었다.

여행에서 아침을 맞았을 때 호텔 창 전면으로 보이던 바다가 떠올랐다. 수십 척의 배들이 창을 가로질러 바다로 나가고 자잘한 섬들이 제각각의 수묵으로 얼굴을 드러내던 믿기지 않던 바다. 파문 없는 호수같이 마음이 당장에 고요해지던 그 바다. 직접 그 바다를 보기 전에는 아무도 그런 바다가 있을 수 있다는 걸 믿기 어려웠을 것이다.

여행 내내 나는 사람들의 얼굴을 유심히 살펴보았다. 아무런 자료나 근거도 없이 익명의 누군가를 찾았다. 호텔 바의 아가씨, 삼판에서 두 발로 노를 젓던 아줌마, 망고를 팔던 여인, 버스를 향해 손을 흔들거나 음식을 나르던 사람들까지. 그런 내가 어이없으면서도 나도 모르게 사람들을 뚫어져라 보고 있었다. 그러다 죽음을 보았다. 그 낯설지 않은 얼굴이라니. 나는 잠깐 진저리를 치면서 생각했다. 저 여인이 무의식 중에 내가 찾던 사람은 아니었는지.

good! 과장 입이 스마일이야. 내일 출근해도 된대.

김이 보낸 핸드폰 문자메시지가 들어왔다. good 이라니. 정작 할 얘기는 하지 못했는데. 어쩌면 여행 정보라는 취지에는 그게 더 맞을지 몰랐다.

거리는 벚꽃 천지다. 여행을 가기 전까지만 해도 눈에 띄지 않던 꽃들이 일제히 거리를 흔들어 놓고 있었다. 벚꽃이 바람을 타고 날리는 날엔 온통 어지럼증이 일었다. 누군가 세워둔 오토바이가 눈에 들어왔다. 은빛나는 오토바이는 당당했다. 질주하기 위해 엉덩이를 세우고 휘슬이 불기만을 기다리는 표범 같았다. 그 위에 꽃잎 몇 장이 유순하게 앉았다. 오토바이를 탄 여자는 어디를 향해 내달리는 중이었을까. 무엇이 그녀를 멈추지 못하게 했을까. 이젠 오토바이만 보면 이국의 죽음이 떠오를지도 모르겠다는 생각이 들었다. 가만히 안장을 쓸어보았다. 무섭게 도로 위를 질주하고 싶은 충동이 솟구쳤다.

뭡니까?

헬멧을 쓴 남자가 앞에 서 있었다. 안장을 쓰다듬던 손을 슬그머니 내렸다.

남자는 가죽장갑을 낀 손으로 안장을 탁탁 털더니 가뿐하게 오토바이 위로 올라타 시동을 걸었다. 부릉, 울음을 남기고 표범이 눈앞에서 사라졌다. 그 바람에 꽃잎 몇 장이 회오리쳤다.

마트에서 쇼핑한 물건을 식탁에 꺼내 놓았다. 파인애플, 오이, 피망, 배, 당근, 양배추, 숙주, 송이버섯, 아보카도. 새우, 닭 가슴살. 그리고 둥근 접시모양의 얇은 라이스페이퍼를 조심스럽게 꺼냈다. 라이스페이퍼를 살짝 깨물어 보았다. 바삭, 소리를 내며 둥근 한 귀퉁이가 부서졌다. 라이스페이퍼는 아무 맛도 느껴지지 않았다.

마트 직원이 일러준 대로 닭 가슴살은 소금과 후추에 재웠다. 야채는 모두 가늘게 채쳤다. 찜통에다 닭가슴살과 새우를 쪘다. 큰 접시에 색깔별로 골고루 채소를 올려놓고 사이사이 껍질을 벗긴 새우를 놓았다. 닭 가슴살도 잘게 찢어 접시에 올렸다. 그리고 가운데에 칠리 소스인 스리라차를 따라 놓았다. 휴대용 가스레인지를 식탁에 올려놓고 바닥이 넓은 전골용 냄비를 올려놓았다. 중간 크기의 접시를 아버지 자리와 내 앞에 놓았다.

베란다에 서서 마당을 내려다보았다. 아버지가 대문을 열고 마당을 걸어오고 있는 게 보였다. 떨어진 젖빛 목련이 아버지 발 아래에서 검버섯으로 변했다. 아버지가 현관에 들어섰다. 손에 묵직한 검은 비닐봉지가 들려있었다. 잠깐 내 얼굴을 쳐다보더니 조금의 망설임도 없이 신발을 벗고 아줌마를 찾았다.

제가 일찍 보냈어요.

아버지 이마에 주름이 모아졌다.

왜 일찍 보내! 넌 뭐든 네 멋대로야. 제 멋대로 집을 나가고, 싸돌아 다니고.

아버지는 늘 이런 식이다. 몸은 괜찮냐고 묻지 않는다. 입술을 깨문다.

말이 안 되는 일들은 얼마든지 많아요.

뭐가 많아! 네가 정신을 똑바로 안 차리고 사니까 그렇지!

아빠, 거기 사람들이요, 거기 베트남 사람들이요, 모두 부지런하고 순박해 보였어요. 어디서도 전쟁을 겪은 흔적이 보이지 않았어요.

무슨 소릴 하는 거냐?

거기 사람들이요, 오토바이를 타고 다녀요. 그러다보니 사고가 많이 난대요. 저도 봤어요. 오토바이를 타고 다니던 여자였어요. 낯설지 않은 얼굴이었어요. 그 여자의 발바닥은 왜 또 그렇게 희던지. 그런데요, 그 사람들이요, 죽음에 대해서는 담담하다네요. 전쟁을 많이 겪어서, 죽음을 많이 봐 와서 생명에 대한 존엄성이 적다고 말하더라고요. 죽음이 그리 하찮을 수 있나요?

그만해라! 나는 뭔 소린지 통 알아들을 수가 없다. 아버지의 눈가가 파르르 떨렸다.

아버지는 입을 굳게 다물고 눈을 감았다. 아버지와 나는 말이 없었다. 어둠이 내려앉았다. 나는 거실과 주방의 불을 켰다.

저녁을 준비했어요. 진지 드세요. 어떻게 먹는 건지 가르쳐드릴게요. 먼저 이렇게 끓는 물에 라이스페이퍼를 넣으세요. 그런 다음 접히지 않게 꺼내서 접시에 잘 펴놓으세요. 가운데에 야채와 새우와 닭고기를 올려놓고요, 채소도 색깔별로 올려요. 소스를 조금 넣고요. 보자기를 매듯이 차곡차곡 세 군데를 잘 접은 다음 마지막에 돌돌 말기만 하면 돼요. 좀 번거롭지만 특별한 음식이에요. 드셔보세요. 야채가 많아서 소화도 잘 돼요. 건강에도 좋고요. 이젠 고기를 좀 줄여보세요. 고지혈증도 심하잖아요. 언제 혈관이 막힐지도 몰라요.

가끔 마당을 돌아나가는 바람소리에 섞여 투두둑, 꽃이 지는 소리가 들린다.

푸른 바다엔 고래가 산다네

　무거운 걸음을 옮길 때마다 바닥에 있던 먼지들이 쿨럭거리며 일어났다가 가라앉는다. 삼층까지 몇 번씩 벽돌을 지고 오르내리는 사이 온몸이 땀으로 젖었다. 지고 온 벽돌을 부리고 목에 두르고 있던 수건으로 얼굴과 가슴을 닦았다. 셔츠가 등에 착 달라붙었다 떨어지면서 땀이 마른 자리에 소금기 밴 얼룩이 허옇게 진다. 젖은 옷에서는 쉰내가 난다. 오늘따라 바람도 불지 않고 뜨거운 햇빛만 머리 위에서 온몸을 태운다. 습관처럼 건너편 집을 바라보았다. 여전히 이 건물에서 정면으로 바라보이는 집안이 물결처럼 푸르게 출렁거렸다.

'도대체 저게 뭐지?'

이십 미터도 안 되는 곳에 있는 슈퍼 뒤편 집 열어 놓은 창문 안으로 보이는 방안이 푸르렀다. 그 푸른색의 정체를 알아보려고 눈을 가늘게 떠보았다. 그러나 그것이 무엇인지 알 수 없었다. 커튼이나 벽지는 아닌 것 같았다. 그 푸른빛이 바다 물결처럼 너무나 선명하고 강렬했다. 게다가 가끔 출렁이는 물결 속에 움직이는 것이 있었다. 그 움직임이 먼 동해 바다에 살고 있는 고래가 헤엄치는 것처럼 생각되었다. 더운 공기를 가르고 불어오는 바람이 그곳에서 시작되어 내게로 오는 것 같았다. 비릿한 냄새까지 싣고서. 단지 그 집안이 알 수 없는 것으로 인해 푸를 뿐인데 고래라니. 피식 웃었다. 내려가려다 말고 다시 한 번 그 집을 바라보았다. 역시 바다였다. 고래가 살고 있는 바다.

"니 좀 내려와 보그래이."

아래에서 김 씨 아저씨가 불렀다.

가까이 간 내게 검은 비닐 봉지를 불쑥 내밀었다.

"일 몬 하겠다고 도망갈 줄 알았드이 할만한가뿌네? 이 옷으로 갈아입고 하래이. 그리 성긴 옷을 입고 뭔 일을 하겠노?
야가 야가, 이게 뭐꼬? 하이고마 어깨가 다 까짓다카이. 을메
나 아프노?"

"괘, 괜찮아요."

아저씨는 벌겋게 살갗이 벗겨진 곳을 보더니 혀를 찼다.

"아이다. 그 어깨로는 벽돌을 더는 몬 지겠다. 니는 모래에
시멘트나 섞으래이. 벽돌 지는 건 내가 할끼구마."

공사장 일은 생각보다 훨씬 고되었다. 일이 끝나고 집에 와
서 밥을 먹고 아저씨와 소주 몇 잔 하다 보면 어느새 졸고 있
기 일쑤였다. 잠깐 눈을 붙인 것 같은데 어느새 아침이었다.
그러나 일을 그만 두지는 않았다. 견뎌내고 말겠다는 오기가
생겼다.

어느새 아저씨의 코고는 소리가 들려 왔다.

골목길에서 고래고래 고함을 치며 술 취한 남자가 지나간
다. 토요일은 밤이 좋아 이밤으을 다시 한버언 그리우움이 흐
르네. 길게 늘어진 노래가 담벽에 와 부딪혔다가 멀어졌다.

그러고 보니 아버지가 돌아가신 지도 벌써 일주일이 지났다. 술 취한 남자의 노랫소리 뒤를 컹컹 개 짖는 소리가 뒤쫓아간다.

아버지가 다시 공사장으로 일을 다닌 지 얼마 지나지 않았을 때였다. 저녁 늦게 안방에서 텔레비전 소리가 들려 방문을 열어 보았다. 아버지가 안주도 없이 소주를 마시면서 텔레비전을 보고 있었다. 열두 시가 가까운 시간이었다. 일찍 주무셔야죠, 하는 내 말에 아버지는 잠이 통 안 와서, 라고 했다. 그 뒤로도 가끔 방문을 열어보면 그때마다 아버지는 소주를 마시고 있었다. 그때는 몰랐다. 일이 너무 힘들면 오히려 잠이 안 온다는 것을.

일하는데 요령이 붙었지만 어느 일 하나 내게 만만한 것은 없었다. 아직도 그 푸른 물결의 정체를 알 수 없었다. 하지만 점심을 먹은 뒤 바라보는 건너 편 집의 푸른 물결은 마음에 위안이 되었다.

아저씨가 가끔씩 볼일이 있다고 늦는 날 외에는 거의 함께 집으로 돌아왔다. 볼일을 보고 들어오는 날은 으레 술에 취해

가지고 들어왔다.

그날도 볼일이 있다고 나 먼저 들어가라던 아저씨는 저녁 늦게야 술에 취해 들어왔다. 깜박 잠이 들었던 것 같았다. 푸후우. 그렇게 긴 한숨을 쉬며 아저씨가 신발도 벗지 못하고 방문을 벌컥 열며 쓰러졌다. 몸도 가눌 수 없을 만큼 취해 있었다. 아저씨를 간신히 끌어다가 방안에 뉘였다.

"내, 냉수 한 대접만 갖다 주그래이."

"어디서 술을 이렇게 하셨어요?"

아저씨는 떠온 물을 단숨에 마시고 다시 푸후우 하고 길게 한숨을 쉬었다. 긴 한숨이 젖어 있었다.

"내같은 문디는 세상에 없을끼구마. 직일 놈이 따로 없다카이."

"왜 그러세요. 아저씨만큼 좋은 사람이 어딨다고."

"니는 모린다. 내사 와 요모양 요꼬라지로 사는지. 내는 마누라 자식들 다 내팽기치고 술로 살았다카이. 술만 들어갔다카믄 귀신이 씌었는지 정신이 나가갔고 다 때리뿌사뿌릿다카이. 세간살이고 마누라고 전생에 무신 웬수가 졌다고 술만 먹으면 닥치는 대로 패뿌릿제. 마누라가 농약 마시고 새까맣게 타 죽어뿌리고 나니까 정신이 들었다카이. 글믄 뭐하노. 자식 까지 떠나 뿔고, 그라고 나니까 그날로 거짓말처럼 술을 끊게 되드라카이. 오늘에사 겨우 딸년 사는 곳을 수소문해서 찾아 갔드이 꼬라지가 말이 아닌 기라. 굴속같은 지하 단칸방에서 아 하나는 업고 하나는 울고 하는데 조막만 한 인형 얼굴에 코를 붙이고 있드라카이. 기미가 잔뜩 낀 얼굴에 한쪽 눈가는 지 서방한테 얻어맞았는지 어쨌는지 퍼렇게 멍까지 들어 갖고는…… 마, 갖고 갔던 돈만 던져 뿔고 도망쳐 나온 기라. 다 내 죄다카이. 끄으억, 자식들 지대로 건사 못한 내가 직일 놈 이다카이. 끄으억."

아저씨는 끄억끄억 소리내어 울었다. 내 죄다카이, 내가 직 일 놈이다카이를 되풀이하면서. 한참을 그렇게 울더니 모로 쓰러져 잠이 들었다. 아저씨가 내 쉬는 긴 숨이 울음에 섞여 푸르르 떨렸다.

아침에 아저씨는 언제 그런 일이 있었냐는 듯한 얼굴로 밥 상을 들여왔다.

"괜찮으세요?"

"무신 말이가?"

"아, 아니에요. 늘 아저씨가 해주는 밥만 얻어먹네요."

"무신 그런 말을 하노? 내는 니캉 같이 밥을 묵는 것만으로도 좋다카이. 니가 없을 때는 마 귀찮아서 라면 먹었다 카이. 어서 묵자. 늦었다 안 카나."

아저씨는 콩나물국에 밥을 말았지만 얼마 먹지 못하고 수저를 내려놓았다. 깊게 패인 주름살에 땀이 고여서 그런지 오늘따라 더 늙어 보였다. 외로움이 긴 세월의 더께만큼 내려앉아 있는 어깨는 더 처져 있었다.

며칠 동안 아저씨는 몰라보게 헬쓱해졌다. 무엇을 잃어버린 것처럼 허둥거리기도 하고, 긴 한숨을 쉬기도 했다. 알 수 없는 불안감이 들기도 했다. 그러다 일이 터졌다.

그날은 아저씨가 아침부터 유난히 땀을 많이 흘렸다. 피곤에 지친 아저씨 얼굴이 창백해 보인다는 생각이 들었다.

"오늘따라 와 이리 덥노?"

벽돌을 지고 내 앞으로 몇 발짝 걸어가던 아저씨가 비틀거렸다. 지고 있던 벽돌이 한쪽으로 쏠리며 우르르 쏟아졌다.

아저씨는 약을 먹고 잠이 들었다. 혈압이 높은데다가 햇빛이 너무 뜨거워 그런 것뿐이라고 굳이 병원에 가지 않았다. 나는 잠든 아저씨의 손을 오랫동안 잡고 있었다. 손을 놓아버리면 아저씨가 다시 숨을 멈출 것 같았다. 아버지도 이렇게 한 순간에 어이없이 쓰러졌을 것이라는 생각을 하자 가슴이 미어졌다.

저녁 무렵 잠이 깬 아저씨는 아무 일 없었다는 듯 기지개를 켜고 일어났다. 밥 묵자, 배 고푸대이, 하는 소리에 와락 아저씨를 끌어않았다.

밥상을 물리고 설거지를 하고 있는데 부엌문 두드리는 소리가 들렸다. 커다란 가방을 끌고 한 아이는 업고, 한 아이는 가방을 들지 않은 다른 손에 잡은 여자가 부엌문 앞에 서 있었다. 여자는 나를 보더니 조금 놀라는 눈치였다. 나는 대번에 부엌문 앞에 서 있는 이가 김 씨 아저씨의 딸이라는 것을 알았다.

"여기가 김……."

"예, 예, 맞아요, 잠깐만요."

나는 아저씨 딸을 세워 두고 홍분을 누른 뒤 아저씨를 불렀다.

"아저씨, 좀 나와 보세요?"

"쥔 아주머니면 니가 이번 달 수도세 만 원 주그래이."

"그게 아니고, 하여튼 좀 나와 보세요."

"무신 일로 그라노?"

"여기가 외할아버지 집이야?"

"으응."

아저씨가 방문을 벌컥 열어 젖혔다.

"누꼬, 누가 왔노? 미경이가?"

"예에."

나는 부엌문에서 비껴 서서 커다란 가방을 방안에 들여놓았다. 네 살쯤 먹어 보이는 사내아이를 번쩍 들어 올려 신발을 벗길 때까지 두 사람은 할 말을 잃은 듯이 서 있었다. 아저씨의 눈에서, 아버지를 찾아 온 여윈 딸의 눈에서 눈물이 쏟아졌다.

"안으로 들어오세요."

"으응, 어서, 드, 들어오그래이."

그때야 아저씨는 꿈에서 깨어난 것처럼 맨발로 나와 딸의 손을 잡았다.

건물은 하루가 다르게 제 모양을 나타냈다. 삼층짜리 건물이 뼈대에 살이 붙자 처음의 썰렁하던 분위기는 없어졌다. 나는 버릇처럼 점심을 먹고 나면 그 방이 잘 보이는 삼층으로 올라갔다. 그 집의 푸른빛의 정체를 아직도 알 수 없었지만 그 푸른빛을 볼 수 있다는 것만으로도 힘이 되었다. 우중충한 건물, 이곳 공사장으로 인해 먼지들이 주변 건물에 달라붙어 어느 것 하나 제 색을 내지 못하는 속에서 그 빛은 당당했다. 나의 바다. 빛을 무연히 바라보며 막연히 떠날 때가 되었다고 생각했다.

낮잠을 자는 줄 알았는데 아저씨가 올라왔다. 피우려던 담배를 도로 주머니 속에 집어넣었다.

"어디 갔나 했드이 여 있었구마."

"잠깐이라도 눈 좀 붙이지 않고요. 피곤하실 텐데요."

"내, 니한테 할 말이 있대이."

"집이 좁아 아무래도 불편하시죠?" 먼저 말을 꺼냈다.

"집이야 필요하믄 그동안 모아둔 돈으로 방 두 개짜리로 옮기면 된다카이. 하지만서도 이제는 니도 제자리를 찾아야 안 쓰겠나? 먼 사정인가는 모르지만 학생인가분데 언제까지고 공사판에 나올 수는 없는 노릇이제. 내야 그동안 정도 들고 해서 같이 있고 싶지만서도 내 욕심만 차릴 수 없지 안겠나. ……실은 아침에 니 핸드폰 보고 집에 연락했다. 쪼매 있으면 니 누이가 이리 올끼구마."

아저씨의 시선을 피해 건너편 집 방을 바라보았다. 저 방의 푸른빛은 여전한데 나는 이곳을 떠나야 했다. 아저씨가 유리창이 끼워지지 않은 창틀에 두 팔을 괴고 내 시선을 쫓았다.

"아저씨, 아저씨는 저게 무엇으로 보이세요?"

"모 말이가? 저거 말이가?"

"예, 바다 물결처럼 푸른 저거요. 마치 고래가 헤엄치다 푸우하고 물을 뿜을 것 같은 동해 바다 푸른 물결이요."

"니, 먼 소리카노? 저기 모기장 아이가?"

"모기장이라뇨?"

"아, 모기 물리지 말라고 방에 치고 자는 모기장도 모르나?"

"네에? 아직도 그런 모기장을 쓰는 집이 있단 말이에요?"

"시장에 가면 판다. 저 집에 얼라가 있는데 앓고 있다 아이가. 병원에서도 포기했다 카드만. 모기약이 아 몸에 안 좋다고 방안에 모기장을 친다 아이가. 그래도 오늘 낼 한다카대."

"누가 그래요?"

믿을 수 없다는 듯이 다그쳐 물었다.

"야가 와 이러노? 슈퍼에서 술 먹다 들었다카이. 니는 여즉 그것도 몰랐나? 니 눈에는 저 모기장이 바다처럼 보인다는 말이가? 내는 암만 봐도 모기장이구만."

무언가 붙들고 있던 질긴 끈 하나가 툭, 하고 끊어지는 소리가 들렸다. 나는 갑자기 설자리를 잃어버린 사람처럼 망연히 그 집을 바라보았다.

폭설

동해로 여행을 생각한 건 내 딴에는 큰 결심이었다. 머리를 식힐 돌파구가 필요했다. 웬일로 여행을 가자고 하는 거야? 으응, 얼마 전에 우리 결혼기념일이었는데 그냥 지나갔잖아. 언제는 안 그랬나? 새삼스럽게. 아내는 여행을 가자고 하자 믿기지 않아 했지만 들뜨는 기분을 숨기지도 않았다.

여행 가기 전날 감원 대상에 내 이름이 올랐다. 회사는 임금을 동결하고 보너스를 반납하는 선에서 더 이상의 감원은 없을 것이라더니 갑자기 공고를 붙였다. 졸업 후 처음으로 가진 직장이었다. 적성에 맞지 않아도 그런 것 따지지 않고 열심히 일했다. 얼마 전까지만 해도 승진 얘기가 나오던 직장이었다. 불안하게 가슴을 졸이고 있었는데 현실은 냉정했다.

강원도 7Km라는 이정표가 멀리서 내달려와 머리 위를 휙훑고 내쳐 사라진다. 지나가는 차들이 하나 둘씩 전조등을 켜고 달린다. 제법 눈이 내리려는지 차 위에서 하늘이 무겁게 내리 누른다. 운전 중간중간에 손을 비볐다. 손이 건조해서 정전기가 나기도 했지만 수전증에 걸린 것처럼 손이 떨렸다. 그럴 때마다 핸들을 잡은 손에 힘을 주었다. 그러면 몸 전체가 부르르 진동을 하듯 떨리면서 얼마간은 괜찮았다.

댄스 음악에 맞춰 리듬을 타는 아내의 손가락이 무릎 위에서 통통 튄다. 힐끗 아내를 바라보았다. 우리는 노래를 별로 좋아하지 않았다. 노래를 잘 부르지도 못했지만 듣는 것도 별반 마찬가지였다. 그런데 언제부터 아내가 노래를 좋아하게 된 것인지 알 수 없었다. 아내가 챙겨온 가방에는 커피부터 과일에 과자까지 잔뜩 들어 있었다. 아내가 커피를 따랐다. 차 안에 커피향이 퍼졌다. 눈이 내리기 시작했다. 함박눈이었다. 아내는 눈이 펑펑 오면 좋겠다고 흥분했다. 설악산의 설경은 상상만으로도 짜릿하다며 몸을 가볍게 떨기까지 했다.

폭설이었다. 폭설이라는 말로 다 설명될 수 없을 만큼 많은 눈이 내렸다. 차는 대관령 고개 중간쯤에서 더 이상 움직일 수 없었다. 윈도우부러쉬를 작동해도 소용이 없을 만큼 많은 눈이 한꺼번에 퍼부었다. 길게 늘어선 차량 행렬. 차 위에 쌓이는 눈. 무릎까지 차오르는 눈 때문에 그 자리에서 꼼짝도 할 수 없었다. 눈에 갇혀버린 것이다. 기름을 확인했다. 아직 기름이 부족한 건 아니지만 이 상황이 언제까지 계속 될지 알 수 없었다. 그때까지도 울려대던 댄스음악 대신 라디오를 틀었다. 여기만큼은 아니지만 다른 지역도 눈이 오긴 마찬가지인듯 했다. 이렇게 눈이 많이 내리긴 몇 십 년만에 처음이라고, 어느 방송에서나 호들갑이었다. 도로 곳곳에 비상용으로 비치하는 염화칼슘이 준비되지 않은 모양이었다. 아직 본격적인 추위가 오기 전이었다.

아내는 평생에 이렇게 많은 눈을 다시는 보지 못할 거라고 비닐 봉투에 구멍을 두 개 뚫은 뒤 뒤집어쓰고는 차에서 내렸다. 중간에서 길이 막힌 많은 사람들이 서로 모여 대책을 강구하는 듯 했지만 별 뾰족한 수가 없어 보였다. 내일 아침까지 차안에서 지새우는 수밖에 없었다.

결혼하고 처음으로 아내와 나선 여행이었다. 그 여행마저도 눈이 가로막고 있었다. 꽉 막힌 회사나, 눈에 가로막힌 여기나 별반 달라 보이지 않았다.

눈은 한여름의 폭우 같았다. 눈이 내리는 내내 눈의 무게를 이기지 못한 잔가지들이 뚝뚝 소리를 지르며 부러졌고, 길과 차와 산까지 덮어버렸다. 비닐을 쓰고 여기저기 돌아다니기도 하고 다른 차에 탄 사람들과 얘기도 주고받던 아내는 무릎 근처까지 바지가 젖어 들어왔다.

"기막히지 않아? 엄청난 폭설이야. 이런 눈은 지금 대관령에 있는 우리들만 볼 수 있을 거야. 내일 제설차가 못 올지도 모른대. 눈이 너무 많이 내려서 말이야. 어휴 추워. 히타좀 틀어, 바지가 다 젖었어."

"지금 히타를 틀면 이 고개를 못 넘을지도 몰라."

"기름이 없어? 큰일났네. 벌써부터 추워 오는데."

반쯤 열어 놓았던 창문을 닫았다. 차 안은 주위의 차들 때

문에 어둡지도 밝지도 않았다. 내쉬는 숨 때문에 차 앞유리가
부옇게 변했다. 운전을 하지 않으니 그러거나 말거나 그냥 두
었다. 앉은 자리에서 어찌어찌 바지를 갈아입은 아내가 보온
병에서 커피를 따랐다. 창문을 닫고 있어도 숲에서 나뭇가지
부러지는 소리가 들리는 듯했다. 아내는 종이컵을 두 손으로
감싸 쥐고 유리창 밖으로 눈을 주었다.

발끝에서부터 찬 기운이 올라왔다. 눈은 더욱 퍼붓고 있었
고 차 위에 쌓이는 눈의 무게가 점점 견디기 힘들다는 생각이
들었다. 차 안을 빼면 모든 것이 눈에 덮여 형체를 알아볼 수
가 없었다. 모든 것을 삼켜버린 밤이었다. 잘못하다가는 밤새
추위에 떨어야 할 것 같았다. 밖에서 서성이던 사람들도 제
차안으로 들어갔는지 눈만 내리고 있었다.

"나, 실은……"

어렵게 말을 꺼내려는데 아내가 음악을 플레이시켰다.

산다는 게 다 그런 거지 누구나 빈손으로 와 소설 같은 한
편의 얘기들을 세상에 뿌리며 살지 자신에게 실망하지 마 모
든 걸 잘 할 순 없어 오늘보다 더 나은 내일이면 돼 인생은 지

금이야 아모르파티

이건 또 뭔가. 트로트도 아니고 댄스음악도 아니고, 요란한 기계음까지. 자신에게 실망하지 말라고? 모든 걸 잘할 순 없다고?

"이게 요즘 뜨는 노래래. 김연자 알지? 일본에서 인기 있다는 나이 많은 가수. 그 가수가 뽕짝과 EDM을 섞어 부르는 노랜데 젊은 애들도 좋아해. 잘 들어봐. 오늘보다 더 나은 내일이면 된다잖아."

아내는 음악에 맞춰 신나게 어깨춤을 추며 내 팔도 흔들었다. 말문이 막혔다. 뭘 알고 하는 말인가. 답답했다. 차 안에 가득한 음악을 피해 차문을 열었다.

"어이쿠!"

갑자기 열어젖힌 차문에 부딪혀 누군가 뒤로 벌렁 자빠졌다. 순간 화가 머리끝까지 솟았다. 이 와중에 접촉사고까지! 아무리 미끄러워도 그렇지, 언제 차문이 열릴 줄 알고 이렇게 바짝 붙어서 온단 말인가. 얼른 차에서 내려 넘어진 사람을 부축해서 일으켰다.

"죄송합니다. 오는 줄 모르고……."

송곳처럼 차가운 물기가 손을 찔렀다. 동시에 싸아한 냄새가 코끝을 자극했다. 소주! 사내가 등에 멘 가방을 벗었다. 그의 두툼한 장갑 낀 손에 주둥이가 깨진 소주병이 딸려 나온다. 이게 무슨 일인지 알 수가 없다.

"이런, 아까운 소주가 깨졌네."

사내는 가방에 있는 물건을 꺼냈다. 소주, 소주, 소주, 소주, 소주. 모두 소주였다. 소주병을 꺼내놓고 가방을 뒤집어 털었다. 몇 개의 유리병 파편이 나왔다.

"다행이요. 한 병뿐이 안 깨졌네."

"뒤에서 갑자기 나타나시는 바람에……."

"그래도 그쪽 편이 발길이 덜 닿아 미끄럽지 않길래……. 괜찮습니다. 안 다쳤어요."

"소주가, 많네요."

"네, 아버지께 가져다 드리는 거예요. 이게 있어야 주무실 수 있거든요. 며칠 바빠 못 찾아뵀더니 소주 떨어졌다고 얼마나 재촉을 하는지, 겨우 짬을 내 길을 나섰더니 폭설이네요.

그래도 소주는 가져가야지요. 기다리실 텐데요."

　사내는 영문을 몰라 바라보는 내게 변명처럼 말했다.

　소주가 없으면 잠을 이루지 못하는 부친을 위해 이 새벽 눈 속을 뚫고 길을 만들며 걸어가는 사내가 쑥스러운 듯 씨익 웃더니 가방을 다시 둘러멨다.

　분분이 내리는 눈이 목 언저리에 내려앉는다. 차가운 느낌이 온몸으로 짜릿하게 전해졌다. 차 안에서는 아직도 음악이 흘러나온다. 나이는 숫자 마음이 진짜 가슴이 뛰는 대로 가면 돼.

　놀란 나뭇가지가 잔가지를 부러뜨리며 비명을 지른다. 여전히 눈이 내리고 있었고, 앞은 흐려있다.

시인이 사는 동네

자유공원

　스무 살의 나, 바다가 보이는 자유공원 광장에 서 있어. 비둘기들이 내 주변에서 괴이하게 울어대며 바닥에 부리를 박고 있지. 비둘기들은 아주 오래전부터 이 공원의 상징처럼 되어 있었어. 이 도시 사람들은 누구나 공원 광장의 비둘기를 기억하지. 광장 옆 슈퍼에서 옥수수 사료를 사서 던져주기도 했고.

　나는 어떻게 여기에 오게 되었을까? 한껏 꾸며 입고 나온 플레어스커트에는 자잘한 안개꽃이 프린트되어 있어. 나는 막 날리기 시작하는 벚꽃나무 아래에서 꽃의 소리를 들어. 검은 고목 한가운데서 피어난 연분홍 꽃의 숨소리를 들어.

산다는 건, 번데기 같아. 산다는 건, 절뚝거리는 비둘기 같아. 산다는 건, 영원히 녹지 못하는 꽁꽁 언 아이스크림 같아. 말주머니를 허공에 날리고 있지. 산다는 건, 어쨌든 꿀꿀해. 바다에서 불어오는 비릿한 바람이 얼굴을 스쳐. 산다는 건 생을 품은 바람을 온몸으로 맞는 거야. 한껏 감상에 젖어. 스무 살이란 그런 나이니까.

광장을 돌아 나와 공원 벤치에 앉아 있는 할머니와 어린 아이를 봐. 할머니는 잠든 아이의 손톱을 깎아주고 있어. 나는 아이인 듯 어른인 아이에게 우리의 첫 만남은 연두야, 하고 말해. 아이는 듣지 못해. 그래도 나는 연두야, 하고 불러. 아이는 졸린 눈을 비비대며 두리번거려. 아이와 나는 꽃잎이 바닥으로 떨어지는 시간만큼 눈이 마주쳤지만 그건 흐르는 눈빛이야. 어느새 손톱을 깎은 아이의 손에 벗꽃잎 몇 장 떨어져 있어.

왜 공원에 올라왔는지, 무엇이 나를 공원으로 이끌었는지도 기억나지 않아. 공원 광장의 비둘기들이 다 사라지고, 슈퍼와 비둘기집도 사라졌지. 아직도 장군 동상만 남아 망원경을 쥐고 있어. 나는 이름도 모르는 꽃 앞에 앉아 흥얼거려.

와서 모여 함께 하나가 되자. 와서 모여 함께 하나가 되자. 물가에 심어진 나무같이 흔들리지 않게. 흔들리지 흔들리지 않게, 흔들리지 흔들리지 않게.

눈물 한 방울이 떨어져. 어깨를 걸며 함께 가자고 했던 이들은 어디에 있는가. 주안공단으로 가는 버스에 올라타 민주노조 건설 임금인상을 외치던 내 목소리. 당찬 목소리와는 달리 달달 떨리던 발끝. 내리기 직전 내게 말없이 주먹을 쥐어 보이던 순한 청년은 어느 공장에서 나사를 박고 있을까. 내 가녀린 어깨는 한껏 움츠러들어.

그는 어디에 있나.

벚꽃 아래를 돌아 나오며 아무도 몰래 슬쩍 입을 맞추던 그는 어디로 가버렸나.

광장을 돌아 나와.

시간은 어느새 셀 수 없이 많이 흘러가버려. 누군가 끌고 오는 짐자전거에 묶인 소형 라디오에서 노래가 흘러나오네.

헬로 헬로 미스터 몽키.

어쩐지 그 노래가 낯설지 않아. 아주 오랜만에 듣는 노래
야. 와락 반가운 느낌마저 들 정도로. 백 년도 더 된 이 공원
의 늙은 나무들과 잘 어울리는 것도 같았어. 벚꽃들도 난분분
지고 있었거든.

나의 스무 살에는 몽키가 있었어. 어딜 가나 몽키를 부르는
소리가 있었지.

헬로 헬로 미스터 몽키.

몽키를 부르는 소리를 들으면 저절로 몸이 흔들거렸지. 아
라베스크인가 하는 여자 삼인조 가수들이 그 노래를 불렀어.
모두가 헬로 헬로 미스터 몽키를 부르고 따라서 춤을 췄지.
노래도 춤도 쉬웠거든.

안녕 미스터 몽키. 넌 여전히 빠르고 멋있어. 안녕 미스터
몽키. 넌 어릿광대였음이 분명해. 한때 그는 아주 유명했지.
저 자그마한 늙은 어릿광대 모두가 그의 이름을 알았었지. 지
금 그는 이름도 없지만 행복한 늙은이라네. 아이들은 그가 지
나가기만해도 웃지.

노래 사이로 노쇠한 자전거가 끼럭끼럭 관절 기침을 하며 지나가는데 그 노래를 들었던 한 장면이 떠오르는 거야. 몇 년 전이었을 거야. 우리는 목포에서 광주 공항으로, 다시 화순으로 해서 담양의 죽녹원을 들를 계획이었어. 그러니까 광주는 공항에 누군가를 내려주기 위해 들러 가는 곳이었다. 광주에 들어서자 누군가 말했어.

저는 광주를 25년만에 처음 옵니다. 그때 직장 회장님 댁에 들르느라 왔었죠.

누군가 그 말을 받았어.

그러고 보니 저도 아주 오래 전에 직장 동료 결혼식 때 광주를 한번 왔었네요.

25년이라니. 광주가 그렇게 먼 도시였나. 그럼 나는 언제 와봤나 따져봤지. 이런, 30년 전이었던 거야. 내가 스무 살 때였으니까.

그때 나는 광주 금남로에 있었어. 도로를 점거하고 학살 규명을 외쳤지. 김남주 시인의 시가 있었어. 지금은 타지 않는 〈타는 목마름으로〉도 있었고. 그 생각을 하자 문득 망월동 묘

역을 가보고 싶었던 거야.

오랜 시간이 흘렀음을 알았어. 묘에는 조화로 된 국화가 놓여 있었어. 묘비를 훑는데, 묘비 옆 앳된 얼굴의 사진을 자주만날 수 있었어. 갓 스물이었을 청춘들이었어. 이 아이들 중누구도 자신의 삶이 이렇게 어린 나이에서 끝나 여기에 묻히리라고 생각하지 않았겠지. 누군가의 가슴은 아직도 타들어가고 있겠지. 그 생각을 하자 마음이 무거워졌어.

다음날 푸조나무가 울창한 관방제림 한쪽 줄지어선 노점 어디에선가 몽키를 부르는 소리가 들렸어. 헬로 헬로 미스터 몽키. 낯설면서도 익숙한 노래였어. 내 20대에 몽키가 있었지. 나는 몽키를 소리 내어 불러보지 못했어. 그때의 숨죽인 새벽골목길이 아직 지지 않은 베롱나무 붉은 꽃으로 남아 있었어.

공원에서 바다로 향해 난 계단을 내려가.

계단 끝에는 바다가 아니라 오래된 작고 낡은 건물들이 옹기종기 모여 있어. 먼지 쌓인 골목을 지나야 바다를 만날 수있지. 스무 살의 나이는 그 무엇도 확신할 수 없었어. 다만 눈이 부신 듯 아려서 시시때때로 가슴이 저리고, 눈물이 나고 주먹이 쥐어졌지. 생이 어떻게 흘러갈지도 모른 채 말이야. 바다로 향하던 내게로 바람이 불어와. 거친 바람은 치마를 펄럭이게 해. 치마에 프린트되어 있던 꽃들이 벚꽃잎들과 함께 나풀나풀 날아 눈물처럼 먼 바다를 향해 떨어져. 스무 살의 나는 통증이 무엇인지도 모른 채 주저앉아 울었지. 그 울음이 아주 먼 미래의 어느 날을 위한 눈물이었다는 걸 그때는 알 수 없었어.

노 콘no-control*

 파랑이에요, 초록이 아니고 파랑이라니까요. 그린이 아니라 블루라구요, 블루. 에이 참. 아니 파랑이라니까 같은 말을 몇 번하게 해요. 그래요, 파랑. 아니, 블루. 아니 그랑 블루. 그건 영화라구요? 아니 그럼 그린 키위. 초록이라니까요. 아니 아니, 파랑. 아, 이젠 나까지 헷갈리네. 암튼 초록입니다. 아니, 파랑입니다. 꼭 그걸로 갖다 주셔야 해요. 품절인 게 어딨어요. 제가 주문한 건 초록인데, 아니 파랑인데 품절이라고 마음대로 바꿔가지고 오면 어떻게 해요.

 이번에 정차할 역은 음파, 음파 역입니다. AM 방면이나

FM 방면으로 가실 승객께서는 U턴하는 신9호선으로 갈아타시길 바랍니다.

그 색으로 갈아타면 안 되냐니요. 이 아저씨가 지금 장난하나. 그게 뭐 전철이라도 됩니까? 갈아타게. 원래 주문했던 색으로 주세요. 저는 절대 안 갈아타요. 꼭 초록, 아니 파랑으로 갖다 주세요. 무조건입니다. 절대 갈아타는 거 없습니다.

네, 교수님, 가고 있습니다. 곧 도착할 거에요. 네네, 말씀하신 대로. 네네.

어머니 삼천만 원 입금했어요? 아직이요? 지금 만나 뵈러 가는데 아직도 입금을 안 하면 어떻게 해요. 죄송해요, 어머니. 이번 일만 잘 마무리 되면 두 발 뻗고 주무시게 할게요. 그러니 제발 꼭 좀 부탁드려요. 제 목숨줄이에요.

나 어제 삼각김밥 먹다 죽는 줄 알았잖아. 완전 유통기한 한 시간 남은 걸 팔았더라고. 먹자마자 화장실 가서 토했잖아. 차라리 달콤하고 부드러운 푸딩이나 사먹을 걸. 그건 너무 작고 비싸. 달콤하고 싶지만 어쩔 수 없이 한 개 남은 불낙지 삼각김밥을 먹은 거지. 완전 매운 거야. 그럴 줄 알았으면

딴 데 가서 숯불갈비맛 삼각김밥을 사먹을 걸. 우유를 덤으로 주길래 얼른 샀더니 완전 좍좍 쐈어. 밤새 울고 싶었잖아.

울지마, 아가야. 뚝 해. 사치스러운 눈물은 흘리지 말렴. 대신 사탕을 줄게. 이 세상에서 가장 쓴 사탕이야. 아니, 쓴맛 나는 사탕이야. 일찍부터 쓴맛을 알아야 살아갈 힘이 생기지 않겠니. 이 세상은 도처가 지옥이야.

예수 천국 불신 지옥. 주 예수를 믿으라. 그리하면 너와 네 집이 구원을 얻으리라. 하나님께서는 죄 많은 여러분을 사랑하십니다. 회개하십시오. 천국이 열릴 날이 가까이 왔습니다. 예수 천국 불신 지옥.

저 인간들 없는 지옥이 더 나을 거 같아. 완전 시끄러워. 짜증나. 목소리는 또 왜 이렇게 큰 거야. 귀를 막아도 들리네.

왼쪽 귀를 잃어버리신 승객께서는 섹시하게 오른쪽 귀를 벌리시고 이번 역에서 내리셔서 8호선으로 갈아타시길 바랍니다. 다음 역은 20Hz와 20000Hz 사이를 건너야 하는 불편이 있습니다. 문이 닫힐 때 무리하게 승차 하시면 주문하신 팝콘 대신 한번도 펼쳐보지 않을 책이 배달되는 사고가 발생할 수 있습니다. 열차가 출발할 때는 한 걸음 물러나 앞사람의 뒤꿈치에 귀 기울여 주십시요.

내 주를 가까이 하게 함은 십자가 짐 같은 고생이나 내 일생 소원은 늘 찬송하면서 주께 더 나가기 원합니다. 내 고생하는 것 야곱이 돌베개 베고 잠 같습니다. 꿈에도 소원이 늘 찬송하면서 주께 더 나가기 원합니다. 에고, 나무아비타불

오백 원짜리 있어? 저기 바구니에 넣으려고. 그래도. 앞 못 보는 장님인데 불쌍하잖아. 이런 드러운 세상 보느니 차라리 못 보는 게 편할 지도 몰라. 아이, 자꾸 피어싱이 걸리적 거려. 그렇다고 뺄 순 없지. 이게 나를 간지 나게 해주거든. 이 정도는 해야 사람들이 내가 루이뷔똥 짝퉁을 들어도 짝퉁이라 생각 안 하거든.

아니, 애기 엄마, 좀 전에는 어린 애한테 사탕을 물리더니 이제는 또 소젖을 주네. 소젖을 주지 말고 엄마 젖을 줘요. 봐요, 젖이 탱탱 불어 댁 가슴을 적시고 있잖아요. 소 젖은 송아지한테 먹이는 거지 인간한테 먹이는 게 아니요. 인간들이 왜 사나와지는 줄 알아? 다 다른 동물이 먹어야 할 것들을 인간

말종들이 먹어치워서 그런 거요. 뭘 알아야 말이지. 꺼윽.

저 아찌 술 냄새.

뭐? 너한테선 시취가 난다. 우욱, 토할 거 같애.

이 새끼는 꼭 술 취했을 때만 전화를 하네. 코에 뚫은 피어싱 가지고 존나 뭐라는 거야. 입술에 뚫을 땐 섹시하다고 발광을 하더니. 열 받아서 완전 죽는 줄 알았어. 그래도 좋은 걸 어떡해. 그 새끼와 조금이라도 멀어지는 건 참을 수가 없어.

이 역은 전동차와 승강장 사이가 넓습니다. 싱싱한 말들이 빠질 우려가 있으니 조심하시길 바랍니다.

조심하세요! 이 아저씨가 대낮부터 어딜 만지는 거에욧?

저녁에 만지면 괜찮은 거우?

전동차 내에 긴급 상황 발생 시에는 객실 통로 문 왼쪽 위에 있는 비상인터폰을 눌러 기관사와 통화를 한 다음, 출입문 쪽 의자 옆 아래쪽에 있는 뚜껑을 열어 비상 코크를 잡아당기시고, 손으로 출입문을 열어 신속하게 대피해 주시길 바랍니다. 남을 이해했다는 말은 버려주시되 자신의 생각이 상대방에게 통하지 않는다고 좌절하지는 말아주시길 바랍니다.

자신만이 유일한 선이고 자신이 주장하는 것만이 옳으며 진리라고 주장하는 세력들이 이 세상엔 가득합니다.

초록이냐 파랑이냐, 그린이냐 블루냐가 중요한 게 아니라고요? 그거야 아저씨 생각이고, 무조건 파랑으로 달라니까요. 빨강은 어떠냐니, 이 아저씨가 정말! 누굴 좌빨로 몰 일 있습니까? 무조건 초록, 아니 블루, 아니 파랑으로 주세요. 자꾸 이딴 식으로 나오면 소비자보호원에 고발하겠어요. 사람들이 꼭 말로 하면 안 들어.

네네, 교수님. 걱정 마세요. 틀림없습니다. 네, 이 은혜 잊지 않겠습니다. 매운 파랑도 챙겨가고 있습니다. 그래도 술자리엔 이게 있어야죠. 네네, 곧 갑니다.

이번 역은 우리 열차의 마지막 종착역입니다. 신세계 몰로 가실 고객께서는 이번 역에 내리셔서 7번 출구로 나가시기 바랍니다. 신세계 몰에서는 나랏말쓰미 폭탄 세일 중으로 언제든지 마음에 드는 스믈여듧字를 저렴한 가격에 사실 수 있습니다. 이번 세일 기간을 절대 놓치지 마십시오. 내리실 분은 왼쪽입니다. 두고 내리는 채널은 없는지 한번 더 확인하시길 바랍니다. 오늘도 우리 철도를 이용해주셔서 고맙습니다.

*주파수가 겹치면 혼선이 발생하여 둘 다 조종이 안 되거나, 또는 더 좋은 조종기를 사용
하는 사람만 살아남는 결과가 생기는 현상으로 노 컨트롤No control 현상이라고 하고 흔히
노 콘이라고 부른다.

밤벌레

지인이 어마무시하게 많은 밤을 보내왔다.

그녀의 손은 컸다.

밤은 일반 사과박스보다 두 배는 더 큰 상자에 담겨 있었
다.

밤알이 알토란 같았다. 이렇게 많은 밤을 어쩌나 싶었다.

어쨌든 일단 밤벌레가 생기지 않도록 빨리 냉장고에 넣어야
했다. 벌레가 밤을 먹기 시작했다. 아니, 밤은 벌써 벌레를 먹
기 시작하고 있었다. 밤을 나눠 담는데 바닥에 벌레들이 많았
다. 벌레 먹은 밤과 벌레를 검은 비닐에 담고 여러 겹으로 묶

었다. 공기도 통하지 않을 만큼 꽁꽁 묶어 다용도실에 있는 쓰레기봉투에 버렸다.

다음날 다용도실 바닥에 통통한 밥알이 몇 개 떨어져 있었다. 밥알이, 놀랍게도 꿈틀거리고 있었다. 네 겹의 비닐봉투를 뚫은 무적의 밤벌레가 다용도실 바닥을 기어 다니고 있었던 것이다. 그 사실을 쓰레기봉투에 난 작은 구멍을 보고 알 수 있었다. 구멍은 눈을 크게 뜨고 봐야 찾을 수 있을 정도로 작은 구멍이었다. 저 통통한 밤벌레가 어떻게 저 조그만 구멍을 빠져나왔을까 싶게 작은 구멍이었다. 바늘구멍만큼 작은 구멍이었다.

그것은 정말 무적이었다. 다용도실 바닥 냉기를 막으려고 깔아놓았던 PVC매트를 뚫었고, 밟아도 죽지 않았다. 그것은 고무공처럼 탄력이 있었다. 그 딱딱한 밤 껍질도 뚫고 들어가는 천하무적이었는데 내가 미처 몰랐다. 이건 본능적으로 징그러운데, 이성적으로는 어떤 경이가 느껴졌다.

저 치열함이라니, 저 지독함이라니.

밤벌레를 어떻게 죽였는지는 차마 밝히지 않겠다.

그 벌레들로 일주일 정도는 난감했다.

지독한 것에는 어쩐지, 생의 치열함과 혐오가 공존하고 있었다.

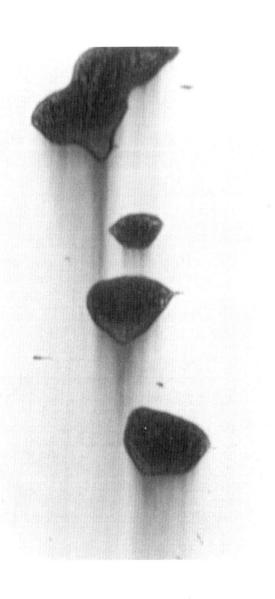

강릉, 모래커피
— 윤후명

커피를 끓이고 있어요. 모래를 달구고 그 위에 커피가 든
쇠국자를 올려 끓이는 커피죠. 그래요. 당신이 러시아 레닌그
라드대학 근처 골목에서 맛보았던 그 '모래커피'예요. 먼 바
다에서 바람이 불고 너울성 파도가 치면 마가리를 흉내 낸 카
페 안은 다른 날보다 훨씬 진한 커피향으로 가득해져요. 통유
리창으로 그 파도를 지켜보다가 더는 못 견디겠으면 테트라
포트로 막아놓은 방파제로 나가죠. 그리고는 방파제 끝까지
나아가 파도를 가장 가까이 보면서 아주 깊게 심호흡을 해요.
아마색 머리카락들이 제멋대로 휘날리고 호흡 끝이 떨리고

있어요. 파도는 무엇이든 덮쳐버릴 것만 같아요.

얼마 전, 통영 먼 바다를 지나던 2천803t급 원목운반선에서 유실된 원목이 해류를 따라 울산 앞바다에서 발견되었다는 기사를 본 적이 있어요. 그 기사를 보면서 지도를 꺼내 통영과 울산 바다를 검지 끝으로 따라가 봤죠. 지도 안에서 그 거리는 고작 3센티미터. 통영에서 떠내려갔던 원목은 20일 만에 울산에서 발견되었다고 해요. 20일은 어떤 시간인가요?

저는 아주 오랫동안 당신을 기다려왔어요. 이 안목해변에 카페거리가 생기기 훨씬 전부터죠. 당신이 여기 강릉으로 돌아오리라는 것을 믿게 된 그때부터예요. 달군 모래에 국자를 얹어 끓인 커피를 당신이 모를 리 없을 테니까요. 한번은 이 길을 지나치리라는 것을 알고 있었고, 바로 그날이 오늘이 되리라는 것도 알고 있어요.

몇 년 전에 터키 이스탄불 갈라타 타워 입구에 서 있던 비碑를 본 적이 있어요. 그 비는 한국 경주와 터키 이스탄불이 실크로드로 이어진 것을 기념하는 비였어요. '실크로드 우호협력 기념비'라고 쓰여 있었고, 바로 아래 터키와 대한민국 국기가 나란히 새겨져 있었죠. '2013 이스탄불 — 경주 세계문화엑스포 개최를 기념하여, 실크로드 기점과 종점인 대한민국 경상북도와 터키 이스탄불 시의 영원한 우정을 위하여 이 비를 세운다.'라고 되어 있었어요. 당연히 당신의 비단길을 떠올렸죠. 둔황으로 가는 길이요. 그때도 저는 고대 경주에서 출발한 상인이 중국을 거쳐 이곳 이스탄불까지 무역을 위해 걸었던 길과 그 시간을 생각했던 것 같아요. '감, 검, 곰, 금'이 '검다'는 뜻이자, 깊고 넓은 큰 세계를 가리키는 '가라'까지 확장된다는 글도요. 당신은 그런 사람이었죠. 당신은 소설 속에서 별일 아닌 듯한 일상을, 남녀의 사랑을 얘기하는 듯 보였지만 '감, 검, 곰, 금'을 '가라'까지 확장시키듯 그 사랑은 먼 우주까지 뻗어나갔죠. '먼 길을 가야만 한다/ 말하자면 어젯밤에도/ 은하수를 건너온 것이다/ 갈 길은 늘 아득하다/ 몸에 별똥별을 맞으며 우주를 건너야 한다/ 그게 사랑이다'라고 읊조리는 당신의 글들은 은하수 반짝이는 별들이 되었겠다는 생각도 하죠. 황새기젓이나 곤쟁이젓에서도 사랑을 발견하는 당신. 당신이 제게 찾아올 것이라고 믿는 이유입니다.

잊히지 않는 영화가 있어요. 제목도, 전체 내용도 생각나지 않는데 이상하게 잊히지 않는 장면이 있어요. 자신의 죽음을 위장하고 유유히 거리를 활보하고 있는 남자와 그 남자를 멀리서 발견한 여자. 여자가 달려가지만 남자는 여자를 모르는 척 해요. 여자는 그이면서 그가 아닌 남자로 인해 혼란해 하죠. 남자와 여자의 기묘한 동거가 시작돼요. 남자는 끝내 여자를 모르는 척 대하죠. 여자가, 앞에 있는 남자가 자신이 알던 옛 연인이 아님을 알고 떠나려할 때, 그 남자의 사소한 버릇을 보게 됩니다. 담배를 잘근잘근 깨물며 씹는 버릇. 분명 그였어요. 어떻게 끝나는지는 기억나지 않아요. 남자가 정말 여자의 애인이었는지, 완벽하게 죽음을 위장하고 살아 있는 것은 아닌지. 어떻게 끝이 났을까요.

당신이라면 제가 누구인지 짐작했을지 모르겠습니다. 그래요. 저는 영화 속, 남자. 그러니까 이 강릉에 전설처럼 내려오는 호랑이에게 물려간 처녀죠. 당신이라면 단오 때만 되면 서늘한 목덜미를 손바닥으로 훑는 제게 정말 그 처녀가 맞느냐는 어리석은 질문은 하지 않겠죠.

당신은 내 머리통을 팔에 안고 마가리를 찾아가는 사람이니까요. 제가 왜 방파제 끝에 나가 파도를 보고, 떠오르는 해를 보는지 아는 사람이니까요.

당신은 커피향에 이끌려 오시겠지요. 달군 모래 위에 쇠국자를 올려 끓이는 커피를 다른 사람은 몰라도 당신은 알 테니까요.

내게로 오는 길은 북청사자가 사막을 건너고 '카라'를 지나 강릉 바닷가로 이어진 길이에요. 경주에서 터키까지의 실크로드 길이고, 곤쟁이젓이 보랏빛 엉겅퀴로 피어난 시간의 길이고, 당신이 쓴 모든 소설이 이 세상에서는 쓰여진 적 없는 한 권의 소설로 묶이는 길이고, 호랑이에게 물려갔던 처녀가 안목해변에서 커피를 끓이고 있는 전설의 길이고, 은하수를 건너온 길이에요.

당신은 무심한 척 카페에 들어와 커피를 주문하겠죠. 그러면 저는 보란 듯이 달군 모래 위에 쇠국자를 얹고 커피를 넣어 끓일 거예요. 커피가 끓는 동안, 당신은 말을 걸어오겠죠. 혹시 헌화로를 아시오? 그럼 저는 대답하겠죠. '오늘은 참 기

인 하루예요.' 우린 서로 알 듯 모를 듯한 미소를 지으며 바라
보겠죠. 목덜미가 서늘해지네요. 목덜미에 깊숙이 박혔던 이
빨 자국은 이제 흉터조차 남아 있지 않는데 어쩐지 이런 날엔
까닭없이 더 시립니다. 파도 탓만은 아닐 테지요.

　너울은 더 사나워지고, 멀리, 엉겅퀴 한 송이를 든 당신, 내
게 걸어옵니다.

풀, 풀, 풀

풀

풀이 매일 무성하게 제 존재를 드러내고 있었는데, 베인 뒤 풀 비린내 자욱해서야 알아차렸다.

'무성한'이 사라지고 주위가 훤해졌다.

베인 자리에서 피처럼 울컥울컥 비린내가 쏟아져 나왔다.

며칠째 현관문을 열 때마다, 훅, 풀에 베인 자국에서 내뿜는 풀 비린, 목숨.

이우는 해, 어스름한 저녁.

모든 목숨은 비린 냄새를 가진 것일까.

지지않은 후끈한 열기 사이로 비린내.

어떤 사내는 풀숲에서 뼈만 남은 채 발견되었다.

사내의 몸에 붙어 있던 살은 모두 썩어 사라졌고, 백골만 그 형태 그대로 남아 있었다.

그가 입었던 옷과 양말 신발도 그 자리에 있었다.

그의 몸을 빠져나간 건 오로지 살.

영혼은 불안하게 그의 곁을 떠돌았다.

매미가 며칠째 줄기차게 울면서 조문하는 중이다.

풀

풀 먹인 호청에서는 습기라고는 없는 바짝 마른 여름 냄새가 난다. 그건 햇빛의 냄새.

그녀가 내 옆을 스치고 지나가는 짧은 순간,

뒷목쯤에 질끈 동여 맨 갈기 같은 머리다발.

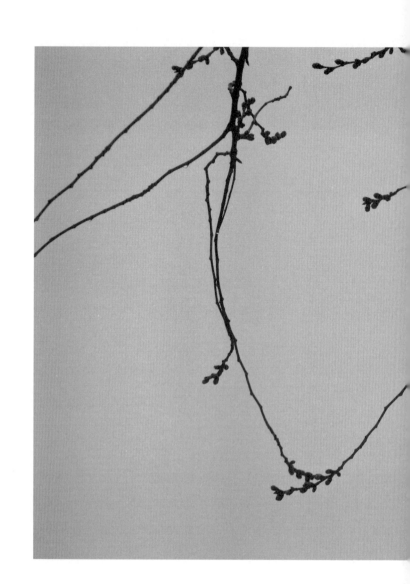

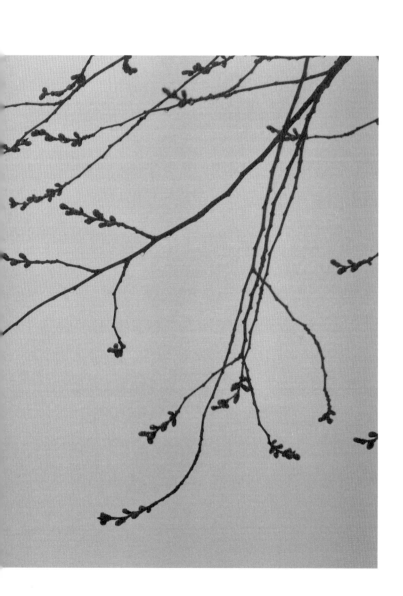

목덜미 몇 방울의 땀이 맺혀 있었다.

여름 한낮 바지랑대 높은 빨랫줄에 희게 펄럭이는 이불 호청.

풀 먹인 호청은 단단하게 바스락거렸다.

움직일 때마다 소리가 났다.

그 소리는 싫지도 좋지도 않았다. 다만 '소리'라고 할 수 없는 소리가 들렸다.

그 소리가 다 죽어야 풀도 제 기운을 꺾었다.

여름내 이불에서는 마른 장작 같은 풀냄새가 났다.

꿈 없는 잠을 잘 수 있었다.

풀

박대 생선껍질을 말려두었다가 물에 불려 은근한 불에 졸인 다음 하루쯤 차게 식히면 묵이 되는데 그 이름이 벌버리묵이었다. 겨울에만 먹을 수 있다고 했다. 칼로 썰어 접시에 담아

놓으면 힘없이 벌벌 떤다고 해서 벌버리묵이라고 했다. 박대가 많이 잡히는 영종도와 무의도, 용유도에서는 명절이나 잔칫상에는 빠지지 않았다고 한다. 생선껍질로 만든 묵이라니. 추운 겨울이라야 묵이 흐물흐물 녹지 않고 버틴다. 섬의 어느 밥집에 들어가 따뜻한 아랫목이 있는 방에 앉아 벌버리묵을 먹는다. 풀처럼 멀건, 단단하게 버티는 벌버리 묵을 풀풀풀 풀어지기 전에, 벌벌 떨고 있는 그것을 냉큼 입에 넣는다. 바다 풀 냄새가 입안에 가득찬다.

달로 간 자전거

자전거의 은빛 륜輪이 햇살을 받아 빛난다.

벚꽃이 날려도 어후, 눈이 쌓여도 어후 좋다, 그 말이 전부였던 그의,

까치발처럼 펼친 손가락 끝에서 따끔거리며 물이 새어 나왔다.

그가 조립하던 성안상회 스티커가 붙은 자전거는 빈 소리를 내며 헛바퀴만 돌았다.

그는 엔지니어였다.

스스로를 그렇게 불렀다. 물론 술 취했을 때.

제 정신일 때는 그냥 포쟁이라고 했다. 자전거포 포쟁이.

그의, 자전거를 조립하거나 수리하는 기술은 최고였다.

그는 영화 ET를 좋아했다.

아이들이 자전거를 타고 외계인인 ET를 바구니에 태워 도 망칠 때,

한 순간 자전거가 붕 떠오르고, 둥글고 환하게 지고 있는 해를 배경으로 지나가던 장면을 좋아했다. 한 대도 아니고 다 섯 대의 자전거가 자신들을 쫓는 사람들을 멍하게 만들고 하 늘로 올랐다. 그때부터 그는 자전거가 등장하는 영화는 기본 적으로 흥행한다는 엉뚱한 믿음을 가지고 있었다.

내 소설에도 자전거를 집어넣으면 대박날 거라고 했다.

한번은 소설 속에 정말 자전거를 슬쩍 넣기도 했다.

그는 술에 취해 소설을 쓰는 내게 시인은 천년을 내다보고 걸어가야 한다고도 했다.

그는 어지러운 시절, 군대에서 제대하자마자 복학도 하지 못한 채 자전거포 포쟁이가 되었다. 그의 아버지가 하던 일이 었고, 어머니가 어렵게 그 뒤를 잇고 있었기 때문이다.

불평 같은 것은 없었다.

중독될만큼 콜라를 자주 마셨다.

그냥 갈증이 난다고 했다.

그의 손에는 시집 대신 언제나 육각렌지나 전동드라이버 등이 들려 있었다.

목장갑은 검은 기름때에 절어 있었다.

그 장갑을 벗지 않은 채 마시던 콜라가 목울대를 타고 들어가며 내던 소리를 기억한다. 그가 지친 몸으로 기울이던 소주와 닮아 있었다.

그는 노래를 좋아했다. 노래방에서는 아예 마이크 하나를 독차지 하고 다른 사람이 노래 부를 때마다 입이나 손으로 반주를 넣었다. 트로트나 댄스곡, 포크송 등 모르는 노래가 없었다. 노래를 잘 부르는 건 아닌데 그의 말대로 리듬을 잘 타는 것인지 듣기에 좋았다. 반주도 거슬리지 않고 묘하게 노래와 조화를 이루는 느낌이었다. 노래방을 나설 때까지 그는 휴지를 이마에 두르고, 맨발로 바닥을 쓸다시피 춤추고 노래했다. 해장국을 먹으면서 나는 그가 자전거를 조립하던 그가 맞는지 바라보곤 했다.

그의 왼쪽 허리춤에는 십여 개 가까이 되는 열쇠가 매달려 있었다.

그 열쇠로 열어야 하는 많은 문 만큼의 무게를 짊어지고 있었다.

그의 어깨가 자주 한쪽으로 기울었다.

힘든 삶이었다.

그는 지난겨울을 넘기지 못했다.

페달도 없이 달 속으로 바퀴를 굴렸다.

그가 좋아하던 자전거가 나오는 또 다른 영화 〈일 포스티노〉처럼 신나게 섬을 돌면 좋을 텐데. 누군가의 소식을 전하는 우편물을 들고, 사랑에 빠져 너무 아픈데 낫고 싶지 않다고 말하며 섬을 돌고 돌면 좋을 텐데.

스텝을 밟아가며, 마이크 한 개는 통째로 갖고 밤을 패며 노래를 부르면 좋을 텐데.

그는 그냥 달 속으로 가버렸다.

이른 새벽, 허공에 은비늘 물고기 한 마리 지나갔다.

나는 봄을 맞지 못했다.

매미

매미 허물은 작가들의 손바닥 도장이 부조된 녹슨 벽에 붙어 있었다. 허물과 벽은 경계가 흐렸다. 언제 떨어져 뿌리를 내린지 모를 담쟁이덩굴이 손을 향해 기어오르고 있었다.

두 손바닥 도장 아래에는 손바닥 주인인 작가들의 이름이 쓰여 있거나 '고생했다', '문학을 느끼기 시작했다', '이 손의 역사를 보라' 등의 글이 있기도 했다.

매미 허물은 놀랍도록 완벽한 매미 모습을 하고 있었다. 더듬이는 물론 다리의 발톱까지 있었다. 허물을 우리가 입는 옷쯤으로 막연하게 생각했는데 놀라웠다. 허물은 세로로 등부터 뒷머리까지 갈라져 있었다. 매미가 허물의 등을 벌려 몸과 머리와 다리와 더듬이를 빼내는 상상이 쉽지는 않았다.

자꾸 허물을 생각했다.

허물의 디테일을 생각했다.

빠져나온 등을 빼면 완벽한 눈동자와 더듬이, 발톱까지 완벽한 허물.

허물은 시인의 손바닥 옆에서 노래하지 않고 박제된 채였다.

허물을 시인의 손 곁에서 떼어냈다

발톱이 자꾸만 손바닥에 달라붙었다.

울지 않는 매미를,

허물인 매미를,

내 방에 들고 와 책상 앞에 놓았다.

허물을 벗고 나올 때, 조금씩 벌어졌을, 몸을 빼냈을, 다리와 얼굴과 더듬이를 빼냈을,

전혀 상하지 않고, 그 힘으로, 노력으로 운다는 생각이 들었다.

그런데 뭔가 매미랑 달랐다. 날개. 허물은 날개가 없었다.

그러니까 허물을 벗는다는 건 날개를 갖는다는 거야.

아직 여물지 않은 몸을 허물에서 상하지 않게 **빼**내고 뭉친 날개를 펴고, 젖은 날개를 말리고 그 커다란 몸통을 달고 날아가기까지, 허물의 몸통과 머리에 발톱을 박고 버텨내던 그 긴 시간들.

다음날도 담쟁이덩굴은 시인의 손이 부조된 벽을 기어오르고 있었다. 손바닥을 향한 것인지, 매미 허물이 있던 자리를 향한 것인지는 알 수 없었다.

글은 써지지 않았다.

청학동 느티나무

— 윤종만

마을 한 가운데 자리한 느티나무 같은 사람이었다.

어느 날 그는 530년이 넘은 느티나무를 올려다보더니 '때가 차매' 하고 말했다.

나무에 매미 허물이 붙어 있었다.

무성한 잎이 넉넉한 그늘을 만들었다.

시인이 사는 동네

그의 가방 속에는 언제나 시집 한 권쯤 들어 있었다. 대부분 시들이 무슨 의미인지 알아들을 수 없었지만 그는 시를 읽고 또 읽어 외울 지경이 될 때까지 읽었다. 가방 안에 시집을 넣고 다니면 스무 살 청년 시절의 순수했던 열망이 아직 떠나지 않고 달라붙어 있는 것 같아 안심이 되었다. 그러니까 그에게 시집은 부적과도 같은 것이었다.

그는 자신이 살고 있는 동네의 지역 신문에서 작고한 시인의 시비를 세운다는 기사를 보았다. 신문에는 두 장의 사진이 같이 있었는데 한 장은 작고한 시인의 얼굴이고, 다른 한 장은 시인이 죽기 전까지 살았던 집 사진이었다. 시인은 그와 같은 동네에 살고 있었지만 그는 그 시인도, 시인의 시도 읽어본 적이 없다는 걸 알았다. 그는 사진을 오랫동안 들여다보았다. 이렇게 가까이 자신과 같은 동네에 시인이 살고 있다는 것이 믿기지 않았다. 사진은 볼수록 어딘가 익숙했다. 시인도 분명 동네에서 마주친 적이 있는 얼굴이라는 생각이 들었다. 시인이 살던 집 앞도 언젠가 지나간 적이 있을 것 같았다. 한 동네에 유명한 시인이 살고 있었는데 시인도 시도 몰랐다는 게 좀 미안했다. 아니, 시를 좋아하는 그로서는 시인이 살아 있을 때 알고 지내지 못한 것이 원망스럽기까지 했다.

그는 몇 번의 망설임 끝에 시인의 시비 제막식 날 회사에서 조퇴를 했다. 행사에는 지역구청장, 국회의원, 시인의 지인 등이 참여했다. 그도 엉거주춤 한쪽에 가서 행사를 지켜봤다. 축사에 이어 시인의 약력을 낭독하고 있었다. 시인은 2006년에 뇌수막염과 그로 인한 패혈증으로 유명을 달리하게 되었다고 했다. 그는 2006년이면, 하고 시간을 더듬었다. 사실 굳이 따지지 않아도 그때나 지금이나 큰 변화가 없었다.

시비 제작과정 등이 소개 되고, 마침내 흰 천으로 덮였던 시비가 드러났을 때 그는 짧게 감탄했다. 넓적하고 커다란 돌에 새겨진 시는 그가 익히 알고 있는 시였다. 아니, 그 시보다 그 시로 지어진 노래를 알고 있었다. 오래전 술자리에서도 부르고 노래방에서도 부른 노래였다. 그 노래를 부를 때마다 무언가 생을 다시 복기하듯 결연한 마음이 되었다. 때로는 숨죽여 눈물을 훔치기도 했다. 그는 '거센 바람이 불어와서 어머님의 눈물이 가슴 속에 사무쳐 우는 갈라진 이 세상에'로 시작하는 첫 부분을 특히 좋아했다. 그는 직장에 면접을 보러 가는 날에도 거울을 보고 넥타이를 매며 스스로를 다시 세우면서 이 노래를 불렀다.

솔직히 말해서 저 친구 사람 많이 괴롭혔지. 한번은 술 마시다 광양에 있는 나한테 전화를 해서는 보고 싶다는 거야. 시인들 몇이 술을 마시고 있었거든. 내가 여긴 매화 천지라고, 향내가 거기까지 진동하지 않냐고 무조건 오라고 그랬더니 정말로 그 밤에 택시를 타고 광양까지 온 거야. 우린 이미 술 마시고 취해서 다 헤어졌는데 장장 다섯 시간을 달려 온 거지. 다들 집에 들어가 골아 떨어졌는데 이 친구가 왔다고 나오라니 어쩔 거야. 별 수 없이 그날 출근도 못하고 이 친구 상대로 아침부터 또 술을 폈지. 얼마나 폈는지 한 삼 일은 술 근처도 가기 싫더라고.

시비 제막식이 끝나갈 무렵, 그의 옆에 섰던, 고인의 지인으로 여겨지는 이가 말했다. 그는 그 얘기를 들으며 새벽, 택시를 잡아타고 매화 향기를 쫓아 내내 남쪽으로 달려갔을 시인의 얼굴을 떠올렸다. 얼굴에 어렸을 푸른 새벽을, 연분홍빛 매화꽃을 떠올렸다.

그는 그 얘기를 한 이에게 다가가 생전에 시인이 살았던 집이 어디냐고 물었다. 이 공원에서 길을 건너 두 블록쯤 올라간 곳이라고 했다. 시인이 살았을 때는 만나지 못했지만 그의 집만큼은 꼭 찾아가보고 싶었다. 신문에 나온 사진과 주소도 챙겼으니 집을 찾는 일은 그리 어렵지 않을 거라고 생각했다. 제막식은 동료들이 모두 시인의 시비에 새겨진 시로 만들어진 노래를 합창하는 것으로 끝났다. 그도 속으로 따라 불렀다. 그러자 마음이 묵직해졌다. 모였던 사람들은 다들 뒤풀이를 겸해서 식당으로 이른 저녁 겸 술 한 잔 하러 갔다.

그는 홀로 남아 시비 앞에서 시인의 시를 찬찬히 읽었다.

부르네 물억새마다 엉키던/ 아우의 피들 무심히 씻겨간/ 빈 나루터, 물이 풀려도/ 찢어진 무명베 곁에서 봄은 멀고/ 기다림은 철없이 꽃으로나 피는지/ 주저앉아 우는 누이들/ 옷고름 풀고 이름을 부르네.// 솔아 솔아 푸른 솔아/ 샛바람에 떨지 마라/ 어널 널 상사뒤/ 어여뒤여 상사뒤// 부르네. 장맛비 울다 가는/ 삼년 묵정밭 드리는 호밋날마다/ 아우의 얼굴 끌려 나오고/ 늦바람이나 머물다 갔는지/ 수수가 익어도 서럽던 가을, 에미야/ 시월 비 어두운 산허리 따라/ 넘치는 그리움으로 강물 저어 가네.// 만나겠네. 엉겅퀴 몹쓸 땅에/ 살아서 가다가 가다가/ 허기 들면 솔잎 씹다가/ 쌓이는 들잠 죽창으로 찌르다가/ 네가 묶인 곳, 아우야/ 창살 아래 또 한 세상이 묶여도/ 가겠네, 다시/ 만나겠네.

끝까지 다 읽었지만 그가 좋아하던 '거센 바람이 불어와도'로 시작하는 노래의 첫 구절은 없었다. 노래와 시가 많이 달랐다. 그렇다고 실망하거나 한 것은 아니었다.

그는 시인의 집을 찾아 나섰다. 공원을 나와 길을 건너고 두 블록을 걸어갔다. 그와 같은 부평1동이라는 것을 알았을 때, 그의 옆집 어디쯤이라고 생각했지만, 1동의 범위가 생각보다 훨씬 넓었다. 시인은 그가 사는 곳과는 2차선 도로를 사이에 두고 있었다. 그는 시인의 지인이 가르쳐준 대로 집을 찾아 나섰다. 빌라들 사이에 고인의 집이 남아 있다고 했으니 찾기 어렵지 않으리라 생각했다.

사진에서 본 시인의 집은 동네 어느 집처럼 익숙했지만 생각처럼 쉽게 찾아지지 않았다. 그는 동네를 돌고 또 돌았다. 기사에는 기자가 동네의 오래된 세탁소 주인에게 시인을 아느냐고 물어보았더니 잘은 모르지만 늘 외로워보였다고 했다는 내용도 있었다. 그러니까 시인이 살던 곳 근처에 세탁소도 있다는 소리였다. 빌라들 사이에 남아있는 집, 담쟁이 넝쿨이 뻗어 있는 집, 근처 세탁소가 있는 집. 그 정도만으로 충분히 찾을 수 있을 거라 생각했지만 어찌된 일인지 사진 속 집은 나타나지 않았다.

지인이 알려준 그 근처를 몇 번이고 돌았지만 그런 집은 없었다. 그는 딱히 실망을 한 것은 아니지만 그렇다고 섭섭하지 않은 것은 아니었다. 금방 찾을 수 있을 것 같은 집이 나오지 않자 그는 초조해지기까지 했다. 꼭 집을 찾아 어떻게 하겠다는 생각도 없었는데 그래도 금방 찾을 수 있을 것 같았던 집이 나오지 않자, 그는 시인이 살았을 때 알아보지 못한 미안함이 더 커졌다.

그는 여러 시집에 실린 시를 읽으면서 시 속에 숨겨진 시인의 깊고 큰 뜻을 헤아리지 못한 채 읽고 또 읽어야 할 때처럼 막막한 심정이 되었다. 결국 그는 어둑해져서야 시인의 집 찾기를 포기하고 집으로 발길을 돌렸다. 가는 중에도 주변을 유심히 살폈다. 그러다 집 앞에 왔을 때, 그는 선뜻 집으로 들어서지 못했다. 사진에서 본 집은 어둠 속 자신의 집과 닮아 있었다. 담쟁이가 올라간 집, 모퉁이 세탁소, 집 주변의 빌라들. 물론 그의 집이 시인의 집은 아니었다. 그는 자신의 집이 낯설면서도 반가웠다. 내내 이 집을 찾아 돌아다닌 건 아닌가 하는 엉뚱한 생각까지 들었다. 그는 새삼스레 문패를 보았다.

대문 기둥에 페인트칠을 하면서 그랬는지 문패에도 흰 페인트가 묻어 이름을 알아볼 수가 없었다. 칠을 한 지가 언젠데 이제야 발견했다. 문패를 닦으려다 그냥 두었다.

그는 대문에 발을 들여놓으며 시인의 시는 몇 줄 들어가 있지도 않은 노래의 한 소절을 흥얼거렸다. 어머님의 눈물이 가슴속에 사무쳐 우는. 그날 그는 시를 한 편도 읽을 수가 없었다.

풋

납작하고 둥근 감들이 골목길 바닥에 후두둑 떨어져 있다.

풋의 죽음이다.

끝끝내 매달리지 못하고 놓아버린 손

골목은 고요하다.

언제부터 나와 있었던 것인지, 흰 의자 하나 골목을 지킨
다.

둥근 것이 떨어지는 것을 보며,

둥근 것을 받아낸다.

한낮의 적막을 깨고, 풋 떨어지고, 그것을 받아내는 흰 의

자.

언덕을 잇는 골목에 알알이 들어차 보기에도 벅찬 해바라기

제 몸을 지탱하며 적요를 견딘다.

풋도 되지 못한 것들, 떨어진 것들은 썩고 뭉개진다.

매달려 있어야 생을 잇는다.

골목을 오르는 숨소리, 내리막을 걷는다.

풋, 풋, 풋. 열일곱 웃음 같은 풋

장난 같은 풋

열일곱이라니까요, 풋

보여달라고요? 풋

되게 웃긴 거 알아요? 풋

풋, 풋, 풋 떨어진다

월미도 초혼招魂

제기랄. 아직도 마음이 여물지 못해 눈물을 질금거리다니. 세월이 몇 십 년인데. 천지가 몇 차례나 개벽했는데 아직도 이 꼴이라니. 상 위에 내 이름자를 보니 가슴이 아려서 그랬을 거야. 살아서 저 이름으로 얼마나 불렸을까. 어려서는 개똥이라고 불렸고 ─그런데 왜 개똥이일까, 한자漢字가 아니라서 저승사자가 장부에 이름을 쓸 수 없어 오래 살 수 있을 거라는 생각으로 그랬다고도 하고, 너도나도 개똥이라 부르면 저승사자가 헷갈려 못 데려갈 거라고도 하고, 귀한 자식일수록 오래 살라고 천한 이름을 붙여주기도 했다는데, 지금도 몰라— 결혼해서는 누구 애비라고 불렸고, 그게 아니더라도 내 이름을 쓸 일이 얼마나 있었겠어. 그러니 상에 위패라고 올려놓은 이름 석 자가 정작 내 이름이 맞는 것인지 나도 모르겠어.

흰 한복을 입고, 국화 몇 송이 검은 망사천에 감싸 쥐고 춤을 추는 저이들을 보자니 아무리 마음을 다독여도 소용이 없네. 괜찮을 거라고, 바닷바람을 맞으며 마음을 단단히 여몄는데 아니었나봐. 평생 아물지 않는 상처가 있다는 걸 알아. 요즘은 오래된 흉터를 없애주는 약도 나왔다고 그러대. 나도 그런 약을 여기 가슴에 발라 문대고 싶어. 박박 문대서 흉터 따위 말짱하게 없애버리고 싶어. 그러면 맺힌 마음이 좀 풀릴까.

인천상륙작전이란 말이 평생 나를 따라 다닐 줄 몰랐어. 상륙이니, 작전이니 이런 말 너무 멀잖아. 기껏 부두에서 짐이나 져나르는 나 같은 사람은 입에 올려보지도 못한 말이지. 나는 그저 무덥던 더위가 꺾이고 바람이 달라지니 가을 꽃게가 살이 오르겠구나, 뻘 속에 깊이 팔을 뻗어 잡는 통통한 낙지가 한창 맛있을 때지. 이놈의 전쟁통이 하 수상하니 아까운

거 다 놓치지는 않나, 추석은 쉴 수 있으려나 그런 거나 걱정
하지.

빨갱이들이 동네에 들어와 있던 것도 아니고, 누가 그 밤에
이 땅을 불바다로 만들 줄 알았겠냐고. 깜깜함 한밤중에 네이
팜탄이 쏟아지고 여기저기 불덩이가 솟구쳤지. 아수라장일
때 누군가 소리쳤어. 무조건 갯벌에서 뒹굴라고. 뻘을 바르라
고. 그래야 눈에 안 띈다고. 흰옷은 총알받이가 된다고. 공포
에 질린 무시무시한 밤이었어.

언제 총에 맞았는지도 몰라. 무언가 쑤욱, 그렇게 심장을
관통했고, 휘청, 했지. 정말 그렇게 모든 게 끝나버렸어. 울음
도 고통도 없이, 그리고 흔적도 없이. 처음엔 무슨 상황인지
몰라 허둥거렸고, 그 다음엔 울음이 없어 몰랐어. 내가 죽었
다는 걸 말이야.

저 여인이 든 흰 국화 두어 송이 아래, 망사천. 나풀거리는
검은 천, 그게 아까부터 눈에 걸려. 어째 내겐 초혼招魂 같거
든. 사람이 죽었을 때, 지붕에 올라가 그 사람이 생시에 입던
저고리를 들고 북쪽을 향해 죽은 혼을 부르는 일 말이야.

외로웠나봐. 아무도 내가 죽었다고 알려주지 않았거든. 살았던 날보다 혼으로 떠돌았던 날이 더 많은, 아주 늙어빠진 혼이 되었는데 말이야. 어쩌면 그래서 지금도 헤매고 있나봐. 내 죽음도, 집도, 땅도 다 흔적도 없이 사라져버려서 이렇게 떠돌고 있나봐.

한쪽에서는 인천상륙작전과 월미 축제를 엮어 축포도 쏘대. 축제라고 말이야. 처음엔 그 축포 소리가 얼마나 크던지 또 전쟁이 난 줄 알고, 무서워 얼른 배 밑으로 숨어버리기도 했지. 나중에 그 소리가 축포라는 걸 알았는데, 그걸 알고 나니까 총알이 가슴을 관통한 것만큼이나 무섭더라고. 내 죽음을, 우리 가족을, 마을을 몰살하고 성공시킨 상륙작전인데, 내 가슴엔 시퍼런 멍이 끝끝내 가시지 않는데, 응봉산 서공원에는 맥아더 동상이 세워지고, 자유공원으로 이름까지 바뀌더니 축포를 쏘아대네.

이런 개 같은 경우를 뭐라고 하나. 전쟁통이었으니 어쩔 수 없었다고, 대大를 위해 소小가 희생된 거라고. 인천상륙작전 덕분에 전세가 역전되지 않았느냐고, 그러니 얼마나 다행이냐고 생각해야 하나.

　사람을 죽이고, 집을 뺏고, 그리고는 내 땅이라 우기는 거, 강도도 이런 날강도가 없는 거잖아. 전쟁 때는 어쩔 수 없었다고 해도 사죄하고 돌려줘야 하는 거잖아. 우리의 몰살을 딛고 성공시킨 작전이니, 살던 땅도 돌려주고, 집도 원상복구해주고, 비통한 마음으로 향도 피우고, 술도 한 잔 올리면서 사죄한 다음, 그 다음에 축포를 쏴도 쏴야 되는 거 아냐? 그게 순서 아니냐고. 내가 살던 집이었는데 왜 우리 후손이 구걸하듯 매달려 돌려달라고 호소해야 하는 거야. 난 모르겠어. 하기야, 수백 송이 꽃다운 아이들 바다에 수장시키고도 책임이 없다고 하고 있으니, 더 기다려야 하는 건가.

　어느새 해가 지네. 춤도 끝나가고, 초혼의 검은 자락도 어둠속에 묻히겠지. 그래도 저 바다는 언제나 철썩이겠지. 나도 저렇게 철썩이며 존재를 증명할 수 있으면 좋겠어. 바다는 그저 철썩일 뿐이고, 나는 그저 떠돌 뿐이고, 시간은 또 흘러갈 뿐인가. 눈가가 짓물러 위패의 이름조차 희미하네, 제기랄.

밀

'밀'자가 좋아졌다.

대이작도 작은풀안에서 보트를 타고 썰물 때 드러나는 풀등으로 가기 위해 배를 기다린다. 자욱한 안개를 뚫고 뱃고동 소리인지 엔진 소리인지, 제 존재를 알리며 다가오는 배를 보자 누군가 농담처럼 우리 '밀항하는 거 같아' 한다.

그러자 은밀한, 비밀 같은 밀항의 '밀'자가 좋아졌다.

우리의 밀항은 안개를 뚫고 겨우 3분 정도 가는 거리의 풀등.

바닷물이 밀려나갈 무렵,

바다 한가운데 오롯이 드러나는 단단한 존재,

배가 아니면 어떤 방법으로도 닿을 수 없는,

모래사장이 전부인 풀등.

안개에 싸인 풀등까지 가는 거리가 밀항인지, 아니면 바다로 봉쇄된 풀등이 밀항 장소인지 알 수 없었다. 배를 기다렸고, 자욱한 안개를 뚫고 배가 다가오는 기척이 들렸고, 그때 우리의 마음은 '밀항', 그랬다.

하루에 두 번 드러나는 풀등에서의 밀항. 그 잠깐의 시간 동안 우리는 스스로 고립된다.

'고립'과 '밀'은 뭔가 교집합 부분이 있는 것처럼 느껴진다. 그 집합 안에 섬이 있을까.

종이로 된 국어사전이 있었다면 '밀'로 시작하는 모든 단어들을 검지로 하나하나 짚어가며 읽었을 텐데. 밀, 밀, 밀.

'밀'로 다리를 놓아 '항'까지 닿을 수 있다면.

연희, 여름

연희.

내 연인 같은 이름 연희.

연희에서 살기 시작했다. 나그네의 시간.

무더운 저녁이면 무작정 길을 나섰다. 무작정은 아니었다. 누군가 두 정거장만 걸어가면 시장이 있다고 알려줬다. 그 시장에서 간단한 밑반찬을 살 수 있다고 했다. 매일 밥을 사먹을 순 없으니까, 반찬이라도 있으면 즉석밥만 사도 한 끼를 해결할 수 있으니까.

그 시장 이름이 백련이었다.

연희와 백련. 다정하고 아름다운 지명이었다.

시장을 가기 위해 길을 나섰다. 두 정거장이라니 걸어가 볼
만했다. 찻길을 따라나섰다. 홍제천변을 따라 많은 사람들이
걷고 있었다. 시장을 갈까, 천변을 걸을까 갈등이 되었다. 홍
제천변으로 내려섰다. 반찬은, 아주 급한 건 아니었다. 그냥
시장을 가보고 싶었다. 무언가 먹을 걸 확보해야 안심이 된다
는 늙은 생각이었다. 쇼핑센터가 있고, 맛집이 있고, 즉석식
품이 많은 편의점이 있는데, 그래도 뭔가, 반찬이. 안 가도 그
만이었다.

천변을 따라 걸었다. 근대미술 복제품들이 사각기둥 한 면
에 걸려 있었다. 그림을 보고 작품의 이름과 작가를 보았다.
빨간 옷을 입은 소녀 이인성, 해당화 이인성, 가을의 어느 날
이인성 하는 식이었다. 기둥을 보며 천변을 따라 걷는데 30여
명쯤 되는 여자들이 춤을 추고 있었다. 음악을 틀어놓고 미리
배운 춤 동작을 맞춰가며 몸을 움직이고 있었다. 누가 선생인
지 금방 알 수 있었다. 손짓 발짓 몸짓이 달랐다. 유연했다.
춤을 추는 모습을 보자 발걸음이 저절로 가벼워졌다. 돌아올

때까지 춤은 계속되었다.

중간중간 운동기구도 있었다. 나이든 여인이 운동기구에 어깻죽지를 대고 문지르고 있었다. 세로로 두 개의 팔뚝만한 움직이는 롤이 있었는데 그렇게 비비면 등이 시원할 것 같았다. 하루 종일 쭈그려 앉아 있는 나도 그 운동기구에 어깨를 비벼보고 싶었다. 하지만 그 운동기구는 한 개뿐이었다. 걸어갔다. 운동기구가 또 있었다. 거기에 아까 그 여인이 어깨와 등을 비비던 운동기구가 보였다. 그러나 그 맞은편에 남자가 앉아 운동을 하고 있었다. 그와 마주보고 등을 비빌 엄두가 나지 않았다. 그냥 지나쳤다.

집에 돌아오니 땀에 흠뻑 젖었다. 운동부족이었다. 폭염주의보가 내린 저녁이었다.

밤에 기침을 했다. 폐나 기관지가 좋지 않았다. 찬바람을 쐬거나 밖에서 말을 많이 하거나, 매연이 심한 곳을 걸어간 날엔 어김없이 밤에 기침을 했다. 아침에 도라지청과 꿀에 갠 계피를 한 티스푼 떠먹었다.

비슷한 시간에 길을 나섰다. 뭔가 규칙적으로 무얼 한다는 게 좋았다. 이번엔 찻길이 아닌 골목길로 접어들었다. 그 길로도 천변에 갈 수 있을 것 같았다. 골목의 경사가 가팔랐다. 호흡이 거칠어졌다. 빌라 앞에 있는 봉고차에서 자색양파 한 자루, 양배추 한 자루 등을 내리고 있었다. 식당이 있나 슬쩍 봤지만 보이지 않았다.

홍제천에 다다라 이번엔 어제와 반대방향으로 들어섰다. 홍제천은 길었다. 나중에 지도를 보니 양쪽을 다 오간 줄 알았는데 어림없었다. 몇 배는 더 길었다. 이렇게 긴 길이라니.

천변을 돌고 언덕길로 돌아오다가 보라색 둥근 열매를 주웠다. 주워서보니 탁구공보다 조금 더 큰 자색양파였다. 그 언덕길은 자색양파로 시작되었다, 라고 중얼거렸다. 밤에 미리 도라지청과 계피가루를 먹었다.

다음날에도 비슷한 시간에 길을 나섰다. 경사진 길을 올라가는데 풋감들이 떨어져 있었다. 이 골목은 둥글둥글한 것들이 많나. 풋감이 떨어진 자리를 올려다보았다. 풋감을 잔뜩 매단 감나무가 보였다. 저절로 떨어진 풋감이었다.

풋감과 땡감의 차이가 뭘까 생각했다. 땡감의 '땡'과 떫은 감의 '떫은'은 어떤 어원적 공통점이 있을까 생각했다. 풋감에도 떫은 맛이 있을 테니, 풋감은 땡감을 포함하는 범위인가.

이번엔 백련시장을 찾아갔다. 버스정류장 이름이 백련시장인데 어디에도 시장은 보이지 않았다. 버스정류장만 오면 바로 찾을 수 있을 줄 알았는데 아니었다. 야쿠르트아줌마에게 물어보았다. 길 건너편이라고 했다. 길을 건너 골목으로 접어들었다. 음식점이 있긴 했는데 시장은 아니었다. 주택골목이었다. 다른 쪽 골목길로 가보았다. 거기도 주택골목이었다. 시장골목이라는데 도대체 시장이 안 보였다. 어쩔 수 없이 지나가는 사람에게 다시 시장이 어디 있느냐고 물었다. 바로 옆 건물을 가리켰다. 들어가 보니, 뭐가 있긴 했다. 푸성귀를 파는 한 곳, 곡물을 파는 한 곳, 생선을 파는 한 곳, 반찬을 파는 한 곳. 그리고 옷을 파는지 수선하는 지 하는 한 곳. 한때 번성했을 시장은, 줄어들고 줄어들어 건물 안으로 들어가, 시장이라기보다 상가에 가까웠다. 좌판이 양쪽으로 주욱 늘어서고, 먹거리가 지천이고, 채소도 자기 분야마다, 떡집도 있고, 닭집도 있고, 화초도 있고, 뻥튀기니 그런 것도 있고, 과일가게도 최소 대여섯 군데는 있고, 또…… 그래야 시장 아닌가. 시장이 버스정류장 이름으로만 남아 있는 곳이었다. 투덜거리면서 콩자반과 멸치볶음을 사들고 왔다.

오는 길에 다시 홍제천변을 걸었다. 어제 그 운동기구에 사람이 없었다. 얼른 가서 등을 대고 어깻죽지를 문질러 보았다. 생각보다 시원하지 않았다. 며칠 밤 동안 내렸던 비로 하천 물이 맑았다. 잉어들도 보이고 왜가리로 보이는 새들도 있었다. '참'새도 있었다.

매일매일 꽃들도 조금씩 더 보였다. 주황색 겹원추리가 피어 있었다.

달개비도 있었지만 아직 꽃이 피지 않았다.

달개비꽃잎을 모아 찧고 물을 한두 방울 떨어뜨려 푸른 잉크를 만들던 사내를 안다.

그 사내는 섬의 치안을 담당하는 경찰이었다. 사내는 여러 가지를 좋아하고 모으는 콜렉터였는데 그 중 하나가 만년필

이었다. 그는 한때 오래된 학교 앞의 오래된 문구점을 뒤졌
다. 그러다 좋은 만년필을 발견할 수 있다고 했다. 그는 여러
분야에 전문적인 지식이 많았다. 만년필도 그 중 하나였다.
그런 그가 달개비꽃만 모아 몇 방울의 푸른 잉크를 만들더니
연서를 썼다. 예전의 어느 모던한 시인이 그렇게 했다고 했
다.

그는 많은 사람들이 가입되어 있는 카페에 엽서를 공개했
다. 수평선 너머의 당신이 그립다고 썼던가 그랬다. 이렇게
공개된 엽서가 연서인가 했다. 종이컵 삼분의 일 가량의 달개
비를 모아 만든 몇 방울의 푸른 잉크, 그 잉크가 번져내던 빛
깔, 그것이면 되었다.

돌아오는 길에 며칠 전부터 궁금하던 정류장을 둘러보았다.
정류장 명칭이 '홍남교자전거대여소앞'이었다. 어떻게 하면
저런 개인 업소 명칭이 버스정류장 이름으로 쓰일 수 있는지
에 대해 생각했다. 그 길을 지나치면서 자전거를 본 기억이
없었다. 버스정류장에서 이리저리 둘러보았다. 자전거 그림
이 유리에 붙어 있는 게 보였다. 대여소는 아닌 듯했다. 그렇

다고 딱히 자전거포라고 보기에도 그랬다. 좀 가까이 가 보려다가 그냥 왔다. 소심했다. 백년시장도, 홍남자전거대여소도 '한때는'이라는 말로 과거를 추억하는지도 몰랐다. 자전거포라고 하면 서러워할, '한때는' 나도 자전거포 포쟁이 마누라였다.

언덕을 올라가는데 어제처럼 계단으로 갔다. 폭이 넓은 쉰여섯 개의 계단을 밟고 올라왔다. 오늘에서야 계단 수를 세어보았다. 언덕 꼭대기에는 04번 버스가 서 있었다. 종점이라 그런지 정자도 있었다. 다음에는 정자에 앉아볼까 생각만 하고 비탈진 길을 옆으로 걸으며 내려왔다.

셔츠의 가슴자락을 펄럭여 바람을 불어넣었다. '견딘다'는 말 대신 둥근 것을 찾아, 감이 노랗게 변하는 것을 보며, 홍제천변을 더 멀리까지 걸어보고 또 다른 길을 찾아 무작정 걸었다.

아직 여물지 않은 둥근 것들이 나를 숨 쉬게 한다.

지금은 도피중이다.

연희, 다시

캐리어를 끌고 다리를 건너가는 여자를, 다리 아래에서 본다. 홍제천 물이 마르자 바닥의 돌들이 드러났다. 물 비린내가 났다. 여자는 캐리어를 끌고 어두운 거리로 들어선다. 멀리서 불안하게 싸이렌 소리 울리고, 문득.

나는 나와 비슷한 보폭으로 건너편에서 천변을 걷는 사내를 본다. 다리보다 머리와 몸이 앞으로 나와 있었다. 성질이 급한 사람이었다. 비상구 표지판에 그려진 사내처럼 불안했다. 사내는 앞만 보고 걷는다. 나는 앞만 보고 걷다가 중간중간 그를 본다. 그렇게 보고 있었는데 어느 순간 그가 사라졌다.

천변 이쪽에서 내내 보고 있었는데 그는 어디로 사라진 것일
까.

일렬로 서 있는 운동기구 중 거꾸로 매달리기 기구에 올라
선다. 머리 위로 자전거들이 지나가고 구름은 연기처럼 흩어
져 있다. 미리 걱정하면 걱정한 보람이 있다는 말이 떠올랐
다. 하루살이가 차 안으로 들어왔었다. 하루살이가 운전자의
눈앞에 어른거려 운전을 방해하는 상상을 한다. 고속도로 진
입로에서 우리는 겨우 차안의 하루살이 때문에 사고를 당한
다. 삶이 질기기도 하지만 한순간일 수 있다는 것도 잘 안다.

이, 하루살이!

하루살이는 운전자의 시야를 막았고 차는 잠시 비틀거렸다.
나, 조금 전에 하루살이 때문에 사고 나는 상상을 했어. 미리
상상했기 때문에 사고가 안 일어난 것이란 말은 안 한다.

왜가리가 오늘도 천변 돌 사이에 부리를 박는다.

홍제천벽 교각 기둥에 붙어 있는 장욱진의 〈자화상〉에는 밀
밭길을 걸어오는 사내가 있었다.

밀밭인지, 보리밭인지, 아니면 벼가 익은 논인지 잘 모르겠

다. 그냥 나는 밀밭이라고 생각한다. 그냥 생각한다. 사내가 걷는 길은 붉다. 멀리 구름과 두 그루의 나무를 등지고, 나는 새를 등지고, 사내는 붉은 길을 걸어오다 멈춰 서 있다. 연미복을 입고 우산과 모자를 들고, 머리는 단정하게 빗어 넘기고. 아주 먼 데서, 이 길과는 도무지 어울릴 것 같지 않은 먼 데서 와서 가야 할 길을 가지 못하고 주춤 생각에 잠겨 있는 것 같다. 사내는 무슨 생각을 하는 것일까. 아까 사라진 사내가 그림 속으로 들어간 것만 같았다. 아니, 다리 위에서 캐리어를 끌고 어두운 거리로 들어서던 여자 같기도 하다. 화가는 자화상이라 이름 붙인, 배경과는 전혀 어울리지 않는 이 이질적인 인물에 연민을 갖고 있는 것인가.

홍제천을 걷고 돌아오는 길, 좁은 길의 횡단보도를 무단으로 건넜다. 나의 '나와바리'일 때 가능한 일이다. 천변으로 가는 길 언덕에서 멀리 아파트 단지 뒤로 지는 해를 보았다. 천변을 돌아올 때는 이른 달이 떠 있었다. 해와 달이 자리를 바꿨지만 거리는 변하지 않았다. 언덕의 계단을 세지 않아도 되었다. 능소화가 절정이었다. 붉은 빛이 잘 익은 감빛이었다.

길이 익숙해졌다. 연희의 집들은 담벽이 높았다. 잘 가꾸어진 정원수의 꼭지들만 보였다. 담, 문, 집들이 치는 방어막을 애써 무시한다.

골목만 본다.

그 골목에서 마주치는 길고양이만 본다.

떨어진 풋감만 본다.

어두워지면 들어오는 가로등 불빛만 기웃댄다.

연희, 가을

떨어진 모과를 주웠다. 돌멩이처럼 단단한 열매였다. 파랗고 향이 나지 않았다. 고개를 들어보니 몇 개의 모과를 매달고 있는 나무가 보였다. 모과로군. 나는 진한 향이 나는 모과를 잘게 썰어 청을 만들던 어느 해를 떠올렸다. 모과향이 나지 않는 '풋'것인 그것을 버리지 않고 서재의 책상 위에 올려놓았다. 연희에서의 첫날, 모과가 떨어져 있던 자리에 살구가 있었다. 노랗게 잘 읽은 살구를 주웠다. 다음날 아침에도 살구가 떨어져 있었다. 아무도 살구를 줍지 않았다. 깨지거나 상처 난 살구를 주워와 씻어서 먹었다. 순한 맛이었다.

살구에서 살구꽃 향이 났다. 살구열매가 떨어지던 여름 초입이었다. 지금은 익지 않은 모과가 떨어지기도 하는 가을 초입이었다. 오랜만에 홍제천으로 향했다. 언덕을 올라서자 해가 이미 기울어 보이지 않았다. 짧아진 해의 길이가 여름이 지나가고 있음을 알려주었다. 여름내 꽃을 피우던 능소화도 졌다. 아직 익지 않은 은행이 떨어져 있기도 했다. 고양이가 있던 자리에 누군가 먹이그릇을 놓았다. 겨울은 떠도는 고양이가 지내기 적당하지 않았다. 가을이 온다는 건 떠날 때가 되었다는 뜻이다. 막연히 그렇게 생각했다. 떠날 때가 되었다고.

카페에 앉아 있었다. 건너편 2층 야외정원에서 작은 결혼식이 열리고 있었다. 신부 친구들도 드레스를 입고 있었다. 신랑은 유럽쪽 외국인이었다. 그들의 결혼식을 보며 커피를 마시고 있었다. 아이스와 핫 중 무엇을 시킬지 망설이는 계절이었다. 카페 한쪽에서 옷걸이에 옷을 걸어놓고 팔고 있었다. 안개꽃무늬가 자잘한 원피스와 검은 셔츠를 샀다. 또 어느 날은 가방을 샀다. 비싸지 않은 것들이었고, 여름을 잘 견딘 내게 이쯤의 사치는 하고 싶었다. 박수 소리가 들렸고 예식이 끝났다.

동료의 출판기념회에 다녀왔다. 외로워서, 같이 밥을 먹고 이야기를 나누고 싶어서 출판기념회를 열었다고 했다. 낯선 사람들 틈에 앉아 있었는데 자리를 뜨기 싫었다. 동료가 하던 외롭더라는 말이 자꾸 와 박혔다. 새벽이 되어서야 자리에서 일어났다. 택시를 타고, 연희에서 내렸다. 익숙한 길을 지나는데, 익숙하다는데 눈물이 났다. 술에 취해 감정이 센티해졌다. 익숙하다는 건, 정이 들었다는 것이다. 이 길을, 다시 또 걸을 수 있을까. 홍제천으로 나갈 때마다 견딘다는 생각을 했는데 그때는 내 안에서 막을 수 없는 어떤 감정들을 누르느라 그랬다. 나는 스스로 잘 견디고 있다고 생각했다. 그런데 정작 나를 견디게 해준 건 연희였다. 정문이 보이고 자물쇠의 비밀번호를 돌리는데 적막에 싸인 새벽공기, 울컥해지는 심사를 눌렀다. 연희가 없었더라면 이 여름을 지날 수 있었을까.

어떤 곳은 장소와 상관없이 다른 사람과 상관없이 내 기분

에 싸여 나를 휘두른다. 술이 그런 것처럼. 연희에서 떠날 시
간이 다가오자 모든 것이 그리움으로 다가왔다.

아직 길고양이에게 주려던 먹이가 남아 있었다.

상사화가 지고, 붉은 꽃무릇이 피었다가 지고 있었다. 아직
모과는 익지 않았다.